GOLDMANN

W0027447

Susan Howatch, 1940 in der englischen Grafschaft Surrey geboren, studierte in London Rechtswissenschaft und arbeitete dann in New York als Sekretärin, bis sie sich nur noch dem Schreiben widmete. Seit ihrer Rückkehr nach England lebt sie in Salisbury.

Außer dem vorliegenden Band sind von Susan Howatch als Goldmann-Taschenbücher erschienen:

Blendende Bilder. Roman (9735)
Die Erben von Penmarric. Roman (42578)
Gefährliche Visionen. Roman (41057)
Die Herren auf Cashelmara. Roman (42275)
Die Reichen sind anders. Roman (41355)
Die Versuchung. Roman (42360)
Der Zauber von Oxmoon. Roman (9123)

Als Großschrift-Taschenbuch liegt vor:

Geheimnis im Moor. Roman (7301)

Susan Howatch

Das Schloss am Meer

Roman

Aus dem Englischen
von Uta Szyszkowitz

Goldmann Verlag

Ungekürzte Ausgabe

Titel der Originalausgabe: The Waiting Sands

Umwelthinweis:
Alle bedruckten Materialien dieses Taschenbuches
sind chlorfrei und umweltschonend.
Das Papier enthält Recycling-Anteile.

Der Goldmann Verlag
ist ein Unternehmen der Verlagsgruppe Bertelsmann

Genehmigte Taschenbuchausgabe 7/95

Umschlagentwurf: Design Team München
Umschlagfoto: Pistolesi/TIB, München
Druck: Elsnerdruck, Berlin
Verlagsnummer: 42274
MV · Herstellung: Heidrun Nawrot
Made in Germany
ISBN 3-442-42274-4

1 3 5 7 9 10 8 6 4 2

Prolog

Manchmal mußte Rachel noch an Daniel denken. Sie dachte an ihn, wenn die Stadt im Hochsommer unter einem dunstigen Himmel brütete und sie sich an den kühlen Sommer in Schottland erinnerte, wo ein frischer Seewind weiße Gischt über einsame Küsten sprühte. Sie dachte an ihn, wenn sie nachts ohne Grund aufwachte und nichts zu hören war als die Geräusche der ruhelosen Stadt. Und sie dachte an ihn, wenn ihre Freundinnen über aufregende Liebesabenteuer mit Happyend schwatzten. Dabei war sie so sicher, ihn nie geliebt zu haben.

Sie lebte jetzt schon fast fünf Jahre in New York. Ihre Heimat war England, genau gesagt Surrey, eine Grafschaft südlich von London; sie war das einzige Kind eines ältlichen anglikanischen Pfarrerehepaares, und die ersten zweiundzwanzig Jahre ihres Lebens hatte sie in der wohlbehüteten und altmodischen Atmosphäre eines ländlichen Pfarrhauses verbracht. Nach der Pflichtschule hatte sie eine Sekretärinnenschule besucht, wo sie die nötigen Kenntnisse ohne große Schwierigkeiten erworben hatte, und war danach für sechs Monate nach Genf gegangen. Nach ihrer Rückkehr hatte sie sich in London ihren Lebensunterhalt selbst verdient. Ihr Lebenslauf glich dem vieler anderer junger Mädchen. Sie hatte eine Menge guter Freunde, fuhr oft und gern nach Hause, spielte Tennis und war im allgemeinen mit ihrem Leben zufrieden. Wenn ihr damals jemand prophezeit hätte, daß sie eines Tages England verlassen würde, um ihr Leben radikal zu ändern, dann wäre sie sicher sehr erstaunt, ja entrüstet gewesen. Das einzig Außergewöhnliche in ihrem sonst so normal verlaufenden Leben war ihre Freundschaft mit Rohan Quist.

Es kam ihr oft vor, als sei die Beziehung zu Rohan das festeste Band in ihrem Leben. Denn Rohan war immer dagewesen. Sie sah sich noch ängstlich in ihrer Spielecke hocken, während er schon stolz auf seinem Dreirad strampelte.

Aber später hatte er ihr dann das Dreiradfahren beigebracht, sie an der Hand in den Kindergarten geführt und sie in all die verworrenen Spiele der Kindheit eingeweiht, in Geheimbünde, Schwüre und Pakte, in lauter wunderbare Abenteuer. »Wer sagt, daß Rachel zu klein ist, kriegt es mit mir zu tun!« schrie er seine Anhänger an. »Rachel ist mein Freund!« Sie sah ihn deutlich vor sich, acht Jahre alt, dünn und drahtig, mit starkem strohblondem Haar und großen strahlenden, grauen Augen.

Rachel ist mein Freund.

Und Rohans Freunde hatten es gut. Viel später, als sie schon erwachsen waren, bot er von sich aus immer wieder seine Begleitung an, wenn sie ausgehen wollte, machte mit ihr in seinem kleinen roten Volkswagen Wochenendausflüge in die Umgebung, nahm sie mit zum Mai-Ball in Cambridge, wo sie eine Menge netter junger Männer traf. »Wir sagen einfach, ich bin dein Vetter«, hatte er kategorisch erklärt. »Dann kommt niemand auf den Gedanken, daß ich irgendwelche Vorrechte bei dir habe.« Und es war auch niemand auf den Gedanken gekommen. Sie hatte die ganze Nacht getanzt und ein bißchen zuviel Heidsieck '59 getrunken, und nach dem Frühstück im Morgengrauen war sie ganz erschöpft gewesen. Da hatte Rohan ein Boot genommen und sie über den Fluß gefahren.

Natürlich hatten sie manchmal Krach und konnten plötzlich nicht mehr miteinander reden. Rohan war emotionell und extravertiert und reagierte seinen Ärger meist in einem rhetorischen Bravourakt ab. Rachel fand diesen Exhibitionismus lächerlich. Aber diese Ärgerlichkeiten gingen vorüber. Die beiden vergaßen ihren Streit, als sei nichts geschehen.

Dann wurden sie älter, und Rohans Kummer über ihre Beziehung ließ sich nicht mehr verbergen.

»Das ist alles schön und gut«, sagte er verdrossen, »aber warum mache ich das eigentlich alles? Ich führe dich überall herum und stelle dich lauter gutaussehenden Männern vor, und was tust du für mich? Wann hast du mich je einem hübschen Mädchen vorgestellt? Wann bitte?«

»Das ist nicht fair!« protestierte sie und suchte nach einem Gegenbeweis. »Und was ist mit meinen Schulfreundinnen? Ich habe sie dir alle vorgestellt!«

»Kaum mein Typ darunter, oder?«

»Helen ist aber sehr hübsch!«

»Die arme Helen«, sagte er gelangweilt und wußte, daß sie sich darüber ärgern würde. »Sie hat doch nicht den geringsten Sexappeal!«

»Wie, zum Teufel, kann ich wissen, was du unter Sexappeal verstehst?«

»Bitte fluch nicht. Ich mag Frauen nicht, die fluchen.«

»Du bist unmöglich!« Rachel war wütend, aber zugleich hatte sie ein schlechtes Gewissen.

Und dann in Genf, wo sie sechs Monate Französisch studierte, lernte sie Decima kennen, und Decima war ganz anders als die Mädchen, die Rachel von der Schule her kannte.

Als die sechs Monate vorbei waren, kehrten Rachel und Decima gemeinsam nach England zurück, und Rachel stellte Rohan bei der ersten Gelegenheit ihre neue Freundin vor. Decima blieb einige Tage bei Rachel, bevor sie zu ihrem Vater nach Schottland fuhr. Vor ihrer Abreise, so hatten die drei geplant, wollten sie noch ein gemeinsames Wochenende verbringen. »Wir werden uns herrlich amüsieren«, hatte Rohan gesagt, und sein energisch vorgeschobenes Kinn betonte seine aggressive Entschlossenheit, das Leben zu genießen. »Mein Vetter Charles kommt von Oxford her, dann sind wir zu viert. Erinnerst du dich an Charles, Rachel, an diesen Professor für mittelalterliche Geschichte? Der ist genau richtig für dich, du sagst doch immer, wie sehr du ältere Männer magst . . . Ja, das kann ein recht gutes Doppel werden. Du und Charles, Decima und ich . . .«

Decima und Charles heirateten nach kaum vier Monaten. Als die Verlobung verkündet wurde, war alles, was Rohan sagte: »Es ist schon gut so, mein Typ war sie sowieso nicht, sie paßt viel besser zu Charles, ich bin sicher, sie werden glücklich. Ob sie wohl das ganze Jahr in Oxford leben wollen? Charles hat doch bisher seine ganzen Semesterferien immer in Edinburgh verbracht.«

»Vielleicht fahren sie nach Roshven«, sagte Rachel. Roshven . . . Rachel war nie dort gewesen, aber Decima hatte so oft von ihrem Zuhause erzählt, daß Rachel sich ein deutliches Bild von diesem Haus machen konnte, zu dem keine Straße führte: graue Mauern, zwischen Berg und Meer, an der wilden Küste Westschottlands, einsam, weit, zeitlos. Mehr als einmal hatte sie mit dem Gedanken gespielt, wie schön es sein könnte, Decima dort zu besuchen.

Aber Decima und Charles waren schon über zwei Jahre verheiratet, bevor eine Einladung kam. Und da hatte Rachel längst den Gedanken, eingeladen zu werden, aufgegeben, auch weil Decima sich nicht im geringsten bemüht hatte, in Verbindung mit ihr zu bleiben. Ihr Briefwechsel war bald eingeschlafen. Rohan fand nichts dabei, sich dann und wann selbst in Roshven einzuladen, um einige Tage mit seinem Vetter Charles zu fischen und zu jagen, und konnte nicht verstehen, warum Rachel nicht einfach mitfuhr, aber Rachel war zu stolz. Wenn Decima sie sehen wollte, dann sollte sie schreiben und sie einladen. Rachel hatte nicht die Absicht, irgendwo aufzukreuzen, wo sie nicht erwünscht war.

Dann endlich nach zwei Jahren kam die Einladung. Es war Spätsommer. Rachel war gerade von einer Reise nach Florenz zurückgekommen, hatte ihre alte Stellung aufgegeben und die neue noch nicht angetreten. So konnte die Einladung kaum zu einer besseren Zeit kommen. Sie betrachtete den Brief. Es war Decimas Handschrift, der Poststempel von Kyle of Lochalsh. Rachel öffnete den Umschlag in angenehmer Vorfreude und begann neugierig den Brief zu lesen, bald jedoch wich ihre Neugierde einer tiefen Bestürzung.

»Liebste Raye«, schrieb Decima, »es tut mir leid, daß ich so ein miserabler Briefpartner war, bitte denk nicht, ich hätte Dich vergessen. Ich habe sehr oft an Dich gedacht, besonders da ich hier mit niemandem reden kann. Und jetzt möchte ich Dich fragen, ob Du nicht für ein paar Tage nach Roshven kommen kannst. Am nächsten Sonntag ist mein einundzwanzigster Geburtstag, und es würde mich sehr beruhigen, wenn Du nach der Geburtstagsparty, die Charles für mich am Samstagabend gibt, noch etwas bleiben könntest. Komm bitte, Raye. Vielleicht bin ich hysterisch, aber ich würde viel weniger Angst haben, wenn ich wüßte, Du bist am Samstag nach Mitternacht bei mir in Roshven. Ich kann jetzt nicht mehr sagen, da ich gleich nach Kyle of Lochalsh muß, um Rohan zu holen, aber bitte komm so bald wie möglich. Ich werde Dir alles erklären, wenn Du hier bist. Bis dahin, herzlichst

Decima.«

1. Teil

Roshven

1. Kapitel

Bevor Decima Mannering die Einladung an Rachel schrieb, war sie am Fenster ihres Schlafzimmers gesessen und hatte aufs Meer gesehen. Rohan Quist sollte heute für zwei Ferienwochen nach Roshven kommen, und immer wenn sie Rohan erwartete, mußte Decima an Rachel denken. In ihrer Vorstellung waren die beiden unzertrennlich, wie Mann und Frau, oder besser gesagt, wie Bruder und Schwester. Es war seltsam: Ein unverheirateter Mann und ein Mädchen kannten sich seit ihrer Kindheit, waren fast immer zusammen, waren nahezu unzertrennlich, und offensichtlich spielte sich nichts Sexuelles zwischen ihnen ab. Wirklich sehr merkwürdig. Aber wenn man Rachel kannte, konnte man eigentlich nichts anderes erwarten. Rachel hatte Männern gegenüber eine unglückliche Art. Sie schreckte ihre Verehrer regelrecht ab, indem sie besonders kalt und zurückhaltend war. Sicher war da irgendein Minderwertigkeitskomplex; sie mußte sich wohl ständig vergewissern, daß sich ein Mann wirklich für sie interessierte, und stellte daher dauernd zu hohe Ansprüche. Auf diese Weise war es ihr gelungen, einen Verehrer nach dem anderen zu verjagen. Möglicherweise gab es aber auch gar keinen Minderwertigkeitskomplex, und Rachel war bloß altmodisch und träumte von irgendeinem reinen Ritter, der ihr von ferne den Hof machte. – Arme Rachel . . .

Sie konnte sich noch genau erinnern, wie sie Rachel zum ersten Mal in Genf getroffen hatte. Rachel hatte ein sehr englisches Tweedkostüm angehabt, das ihr ein bißchen zu weit gewesen war. Ihre schwarzen Zöpfe hatte sie aufgesteckt. Altmodisch, hatte Decima gedacht. Irgendwie ganz hübsch. Das heißt, wenn man so etwas mag.

Komisch, daß sie so gute Freundinnen geworden waren, wo sie doch gar nichts gemeinsam hatten; aber Decima hatte sich damals einsam und unglücklich gefühlt, und Rachel, die ebenfalls zum ersten Mal von ihren Eltern getrennt lebte, hatte mehr Verständnis für sie als alle anderen. Rachels freundliche Welt, wo man sich zum Tee im Pfarrhaus traf und am Wochenende Tennis spielte, war so verschieden von allem, was Decima kannte. Decima kam aus einer ganz anderen Gesellschaftsschicht, sie war die Tochter eines schottischen Adeligen und einer italienischen Prinzessin.

Ihre Eltern waren allerdings längst geschieden. Bis zu ihrem vierzehnten Jahr hatte sie mit ihrer rastlosen Mutter kreuz und quer den Kontinent bereist und war zweimal mit ihr rund um die Welt gefahren. Ihre Mutter war ein aktives Mitglied des internationalen Jet-set, bevor sie an einer Überdosis Schlaftabletten starb. Daraufhin wurde Decima von ihrem Vater an die Westküste Schottlands gebracht.

Sie liebte Roshven vom ersten Augenblick an. Ihr Vater hatte gefürchtet, sie würde Roshven nach dem Glanz der vielen Großstädte als das Ende der Welt ansehen und verachten, aber Decima war so übersättigt von ihrem hektischen Stadtleben, daß ihr Roshven wie ein Märchenschloß vorkam; es war ihr der liebste Platz auf der Welt.

Ihr Vater freute sich auch über ihre Heirat mit Charles Mannering, einem Professor in Oxford, der schon mehrere Bücher über mittelalterliche Geschichte veröffentlicht hatte. Er mochte Charles auf den ersten Blick und hatte sogar seinem Testament eine Klausel angefügt, in der Charles als Mitverwalter von Roshven genannt wurde, im Falle, daß Decima noch vor ihrer Volljährigkeit den Besitz erben sollte. Das Testament enthielt sogar noch eine weitere Klausel, die besagte, daß der Besitz im Falle von Decimas Tod vor ihrem einundzwanzigsten Geburtstag auf ihre

Kinder und, falls noch keine Nachkommenschaft da sei, direkt auf Charles übergehen sollte. Von ihrem einundzwanzigsten Geburtstag an sollte sie hingegen voll und ganz über Roshven verfügen können. Das Haus selbst hatte ja, da es so abgelegen war, keinen großen finanziellen Wert, aber die Wälder stellten ein Vermögen dar und brachten jährlich einen erheblichen Pachtzins.

Als Decimas Vater sechs Monate nach ihrer Hochzeit starb, war Decima eine reiche Erbin – mit neunzehn Jahren. Jetzt war sie fast einundzwanzig.

Lange saß sie an diesem Morgen an ihrem Fenster und starrte auf das dunkle Meer. Sie war sich völlig klar über ihre Probleme. Schwer war nur, die richtige Lösung zu finden. Es mußte einen Ausweg geben. Schade, daß Rohan ihr nicht helfen konnte, aber er war schließlich der Vetter von Charles.

Rohan ...

Rachel.

Rachel könnte ihr helfen. Konventionell, solide und zuverlässig, wie Rachel war. Sie mußte kommen.

Rasch ging sie hinüber zu ihrem kleinen Sekretär in der einen Ecke ihres Zimmers und begann zu schreiben, mit ihrer sauberen, klaren Handschrift.

Charles Mannering saß in seinem Studierzimmer, das nach Osten gegen die Berge lag. Er dachte über seine Frau nach. Vor ihm auf seinem Tisch stand ein Hochzeitsbild von Decima. Er nahm es in die Hand und betrachtete es lange. Es war kaum zu glauben, daß es erst zweieinhalb Jahre her war, daß er sie zum ersten Mal getroffen hatte. Und doch waren es sehr ereignisvolle zweieinhalb Jahre gewesen.

Er lehnte sich in seinem Stuhl zurück und schloß die Augen. Er sah sich selbst mit sechsunddreißig, ein angesehener Gelehrter, ein behaglich hausender Junggeselle. Er hatte damals fast alles, was er sich wünschte, Erfolg in seiner Arbeit, Unabhängigkeit und einen großen Freundeskreis. Es wäre alles noch perfekter gewesen, wenn er genug Geld gehabt hätte, um keine Vorlesungen mehr halten zu müssen, die ihm viel Zeit wegnahmen. Er hätte reisen können, mehr Zeit zum Forschen gehabt und mehr Zeit zum Bücherschreiben. Aber schließlich konnte man nicht erwarten, daß das Leben vollkommen war, und im großen und ganzen hatte er viel Glück gehabt. Kein Grund zum Klagen. Und dann war er an einem Wochenende nach London gefahren, zu seinen Verwandten, den Quists, und da war Rohan plötzlich mit zwei Mädchen aufgetaucht, triumphierend wie ein Magier, der soeben zwei weiße Kaninchen aus einem Hut hervorgezaubert hat. An Rachel konnte er sich vage von früher erinnern, aber das andere Mädchen mit ihren schrägen, blauen Augen und dem seidenen, schwarzen Haar war ihm unbekannt.

Sie kam ihm schrecklich jung vor. Für einen sechsunddreißigjährigen Mann ist ein Mädchen von achtzehn natürlich noch ein Kind. Aber nach ein paar Worten schon war er fasziniert von ihrer Intelligenz und diesen wissenden Augen. Dieses Mädchen war nicht so jung, wie man ihren Jahren nach hätte annehmen können.

Charles war verwirrt. Bisher hatte er sich nur für ältere Frauen erwärmen können, zum ersten Mal interessierte er sich für ein derart junges Mädchen.

Als er seiner Sache ganz sicher war, bat er sie darum, mit ihm zu schlafen.

Noch nie hatte er sich so verrechnet. Einen schrecklichen Augenblick lang dachte er, nun alle Aussichten bei ihr mit einem Schlag zerstört zu haben, aber sie vergab ihm sofort und schien im Gegenteil darauf bedacht, ihn wiederzusehen. Nur kam für sie ein Abweichen von der konventionellen Moral nicht in Frage. Wenn er bloß daran interessiert war, konnte er sich eine andere suchen.

Charles hielt sich wie die meisten Männer für unwiderstehlich, wenn er es darauf anlegte; jetzt hatte sein Selbstbewußtsein einen schweren Schlag erlitten. Er war so angeschlagen, daß er sich nach seiner Rückkehr nach Oxford kaum auf seine Arbeit konzentrieren konnte und unfähig war, eine einzige Zeile für sein Buch über Richard Löwenherz zu schreiben. Statt dessen schrieb er einen Brief nach Roshven und erhielt eine charmante Einladung zum Wochenende. Kaum hatte er die letzte Vorlesung gehalten, saß er auch schon im Flugzeug nach Inverness.

Roshven gefiel ihm. Hoffnungslos primitiv und natürlich entsetzlich unpraktisch (es gab ja noch nicht einmal eine Straße zur nächsten Stadt!), aber ein ausgezeichneter Ferienplatz und ganz ideal, um in aller Ruhe zu schreiben oder konzentriert zu arbeiten. Decimas Vater, der nur wenige Jahre älter war als Charles, schien ein netter Kerl zu sein. Gerade damals war er besonders gut gelaunt, weil er den Pachtvertrag für seinen Wald erneuert hatte. Damit war das Einkommen für die nächsten Jahre gesichert. Der Holzpreis stieg von Jahr zu Jahr, und damit war auch der Wert Roshvens von zweitausend auf über hunderttausend Pfund gestiegen.

»Warum verkaufen Sie eigentlich nicht?« hatte Charles ihn gefragt. Seiner Meinung nach hätte man so viel Geld besser anlegen können, zum Beispiel in einer Villa an der Costa Brava oder in einem Haus auf den Kanarischen Inseln. »Aber da es Ihr Elternhaus ist«, fügte er höflich hinzu, »hat es natürlich einen Gefühlswert für Sie.«

»Da haben Sie recht«, sagte Decimas Vater; er freute sich, von seinem Gast verstanden zu werden. »Decima und ich sind uns da ganz einig.«

»Ich verstehe«, meinte Charles, der diese Haltung gar nicht verstand. »Das kann ich sehr gut begreifen.«

Er hielt es für unmöglich, daß Decima wirklich so sehr an einem alten, abgelegenen, baufälligen Gemäuer hängen sollte. Decima mit ihrem gesellschaftlichen Hintergrund, ihrer Ausbildung in Paris, Rom und Genf! Warum sollte sie hier in der hintersten Ecke von Westschottland ihr Leben verbringen wollen? Wenn sie eines Tages den Besitz erbt, wird sie anders darüber denken und ihn verkaufen, meinte er bei sich.

Aber das schien ein Irrtum zu sein. Er stellte ihre Fotografie vorsichtig auf den Tisch zurück und sah wieder hinaus auf die öde Moorlandschaft, die Berge und den fernen Wald. »Ich verkaufe nicht«, hatte sie ihm schlicht erklärt. »Das kannst du dir aus dem Sinn schlagen. Das hier ist mein Zuhause und bleibt es auch.«

»Aber es ist doch so einsam hier, Decima!« hatte er eingewandt, »so abgeschnitten von aller Welt! Eine junge Frau wie du sollte reisen und interessante Leute treffen und . . .«

»Ich bin als Kind genug gereist«, unterbrach sie ihn, »das hat mir gereicht. Ich habe auch genug von den sogenannten interessanten Leuten. Lieber Gott, ich muß doch sowieso mit dir in Oxford den langweiligen gesellschaftlichen Zirkus mitmachen, oder etwa nicht? Nach ein paar Wochen sind wir doch froh, wenn wir wieder hier sind.«

»Ich weiß, du lebst nicht gern in Oxford«, hatte er behutsam gesagt. »Weiß Gott, ich würde auch lieber die Vorlesungen an den Nagel hängen, wenn wir nicht das Geld nötig hätten. Aber wenn ich, ich meine, wenn du Roshven verkaufst, hätten wir genug Geld, um den Lehrstuhl aufzugeben und uns hier in der Nähe irgendwo niederzulassen.«

Doch darauf hatte sie nur verächtlich erwidert: »Ich werde doch Roshven nicht verkaufen, damit du von meinem Geld irgendwo leben kannst.«

Es tat ihm jetzt noch weh, wenn er sich an den Tonfall ihrer Stimme erinnerte. Ich verkaufe Roshven nicht, damit du von meinem Geld irgendwo leben kannst. Als wäre er irgendein Gigolo oder Schmarotzer und nicht ein stolzer Engländer.

Danach sprachen sie eine ganze Woche lang nicht mehr miteinander. Er fühlte sich miserabel, konnte weder schreiben noch lesen und mochte nicht einmal mehr zum Bach fischen gehen. Decima schien das kaltzulassen. Sie ritt wie immer täglich über das Moor, schwamm im eisigen Meer, sobald die Sonne einmal für kurze Zeit wärmer schien als sonst, und als die Zeit für den monatlichen Einkauf kam, fuhr sie allein mit dem Motorboot nach Kyle of Lochalsh. Er sah sie noch genau vor sich, als sie aus der Stadt zurückkam. Sie trug eine blaue Wolljacke, die ihre Augen noch blauer erscheinen ließ. Ihr schwarzes Haar flatterte im Wind. Nie war sie ihm so schön vorgekommen wie jetzt und nie so weit weg von ihm. Als er zur Mole kam, um ihr beim Ausladen zu helfen, sagte sie zum ersten Mal seit einer Woche wieder etwas zu ihm:

»Da ist ein Brief für dich. Aus Cambridge. In geschnörkelter altmodischer Schrift.«

Es gab nur einen Menschen auf der Welt, der ihm aus Cambridge in altmodischer Schrift schreiben konnte. Mitten in seiner Depression traf ihn ein freudiger Schock.

»Von wem ist der Brief?« fragte Decima, »ich habe noch nie eine solche Schrift gesehen.«

»Ein ehemaliger Student von mir«, sagte er mechanisch. »Er ist mit einem Stipendium von Oxford nach Cambridge gegangen, um dort seine Studien fortzusetzen. Jetzt arbeitet er über die ökonomische und gesellschaftliche Situation der Mönchsorden in England im 13. Jahrhundert.« Und während er noch sprach, riß er schon den Briefumschlag auf und nahm den Briefbogen heraus.

»Mein lieber Charles«, stand da mit eleganter schwarzer Tinte geschrieben. »Meine Schwester und ich fahren demnächst nach Edinburgh zu den Festspielen, und ich würde Dich dort gerne treffen, wenn es geht. Wenn Du aber nicht die Absicht hast, nach Edinburgh zu fahren, würde ich Dich auch sehr gerne in Roshven besuchen. Rebecca und ich wollen nämlich nach den Festspielen ein Auto mieten und durch Schottland fahren, so wäre es ganz einfach für uns, nach Kyle of Lochalsh zu kommen. Wenn aber der Besuch Dir oder Deiner Frau nicht genehm sein sollte, schreib es mir bitte ganz offen. Ich würde Dich gern wiedersehen, und da Du Dich immer so begeistert über Roshven geäußert hast, bin ich sehr begierig, es kennenzulernen. Bis bald hoffentlich! Dein . . .«

Charles faltete den Brief zusammen und steckte ihn in seine Brieftasche.

»Wie heißt er?« fragte Decima so nebenbei. »Kenne ich ihn?«

»Nein«, antwortete Charles, »er ging von Oxford weg, bevor ich dich kennenlernte. Er heißt Daniel Carey.«

Das war vor zwei Monaten gewesen. Jetzt waren die Careys schon sechs Wochen in Roshven, und es gab nicht das geringste Anzeichen, daß sie in Kürze abzureisen gedachten.

Charles saß noch immer in seinem Zimmer, als es leise an die Tür pochte. Im nächsten Augenblick trat eine junge Frau herein. Sie mochte etwa vierundzwanzig Jahre alt sein. Als sie sah, daß er in Gedanken war, blieb sie zögernd stehen. Erst als er aufschaute und sie anlächelte, trat sie näher.

»Nein«, sagte er lächelnd. »Setz dich und erzähl mir was. Ich dachte gerade darüber nach, wie ich König Johanns Leidenschaft für die junge Isabella von Angoulême schildern kann, ohne daß sich das liest wie eine mittelalterliche Version der ›Lolita‹.«

Rebecca lachte. »Ich glaube, da ist bei dir keine Gefahr!«
»Warum? Meinst du, mein Stil ist zu trocken? Etwa so: ›Aber diese ungewöhnliche Schwäche hatte weitreichende Folgen‹ . . .«

Er lachte auch. Eigentlich, dachte er, während er sie betrachtete, war sie ein ungewöhnliches Mädchen. Möglicherweise für den normalen Männergeschmack zu intelligent, aber deshalb nicht weniger attraktiv: dunkel, feine Gesichtszüge, apart . . . Es gefiel ihm, einmal mit einer Frau zu reden, die genau wußte, daß Isabella von Castilien und Isabella von Angoulême ganz und gar nicht dieselbe Person waren.

Aus irgendeinem Grund mußte er an seinen Cousin denken. Vielleicht würde Rohan Gefallen an ihr finden. Nein, lieber nicht. Rohan war ein viel zu extravertierter Philister, um die Qualitäten einer Frau wie Rebecca Carey schätzen zu können.

»Hast du Decima heute morgen schon gesehen?« fragte er.

»Ich hoffe, sie hat nicht vergessen, daß Rohan heute kommt.«

»Nein, sie weiß es. Sie holt ihn heute nachmittag in Kyle of Lochalsh ab. Ich glaube, sie will bei der Gelegenheit auch noch etwas einkaufen.«

»Aha. Und Daniel?«

»Fährt mit, glaube ich.«

»Aha«, meinte Charles und überlegte, was er mit dem langen friedlichen Nachmittag nun anfangen könnte.

Nachdem Rebecca Charles verlassen hatte, stieg sie die Treppe zu ihrem Zimmer hinauf, warf sich auf ihr Bett und vergrub ihr Gesicht in den Kissen. Sie zitterte am ganzen Körper, und bald hielt sie es nicht mehr aus. Sie lief aus ihrem Zimmer, die Treppe hinunter, aus dem Haus hinaus und zum Meer. Die Sonne schien warm; kein Mensch weit und breit, und wäre nicht das Boot an der Mole gewesen, dann hätte sie geglaubt, Decima und Daniel wären schon nach Kyle of Lochalsh gefahren. Charles saß sicher noch in seinem Studierzimmer. Als sie etwa zweihundert Meter vom Haus entfernt war, ließ sie sich an einer windgeschützten Stelle hinter einem Felsen nieder und holte Atem. Eigentlich hatte sie Lust zu schwimmen. Das Wasser würde im ersten Augenblick eisig sein, aber dann würde sie sich daran gewöhnen und es genießen, in der Brandung gegen die hohen Wellen zu kämpfen, die mit Macht auf den Strand aufschlugen. Sie wollte gerade zurück ins Haus gehen, um sich Handtuch und Badeanzug zu holen, als sie Daniel über den Strand kommen sah.

Daniel war ihr einziger Bruder, andere Geschwister hatte sie nicht. Ihre Eltern waren kurz nach ihrer Geburt gestorben; sie konnte sich nicht mehr an sie erinnern, nur an ihre entfernten Verwandten, die sie in Bury St. Edmunds in Suffolk aufgezogen hatten. Es war nicht weiter verwunderlich, daß ihr das Zusammensein mit Daniel, der ihr doch der nächste war, alles bedeutete und daß sie alles daransetzte, seine Interessen zu teilen. Als sie älter wurde, richtete sie sich bewußt nach ihm aus, bemühte sich, ihm in allem folgen zu können und mit seinem Denken Schritt zu halten. Er sprach gerne mit ihr, und ihr einziger Wunsch war, ihm bei solchen Gelegenheiten ein guter Gefährte zu sein. Sie bewunderte seinen Verstand so sehr, daß sie es als Kompliment verstand, wenn er ihr etwas erklärte. Schließlich war sie ja nur seine jüngere Schwester. Ein anderer hätte seine kleine Schwester ignoriert oder nur in mehr oder weniger väterlichem Ton mit ihr gesprochen, aber Daniel behandelte sie wie einen Partner.

In solchen Augenblicken fühlte sie sich wichtig und

konnte vergessen, daß sie nur ein blasses junges Mädchen war, nicht besonders hübsch und von mäßiger Intelligenz, jedenfalls nicht wirklich brillant. Ihr Aussehen verbesserte sich allerdings, als sie Anfang Zwanzig war. Sie bemerkte, daß die Männer sich für sie zu interessieren begannen. Aber sie hatte keine Geduld im Umgang mit ihnen, da sie meistens weniger intelligent waren als sie, und daher dauerten ihre Freundschaften nie sehr lang. Charles Mannering jedoch war sehr verschieden von den jungen Männern, die sie bisher enttäuscht immer kurzerhand abgeschoben hatte. Sie merkte schnell, daß Charles nicht nur hochintelligent war, sondern auch der erste Mann, den sie wirklich bewunderte, ausgenommen Daniel natürlich. Sie wunderte sich eigentlich, warum Daniel noch nicht verheiratet war. Gelegenheiten hatte er genug gehabt, das wußte sie, aber es schien ihn keine Frau länger zu halten.

Als Daniel in Hörweite war, rief sie ihm einen Gruß zu, und er winkte. Er versuchte zu antworten, aber der Wind wischte ihm seine Worte von den Lippen. Sie sah ihn lächeln und resignierend die Schultern hochziehen, die dunklen Augen gegen die Sonne zusammengekniffen, die Hände lässig in den Hosentaschen.

»Kommst du mit uns nach Kyle of Lochalsh?« fragte er, als er bei ihr war. »Wir fahren in zehn Minuten.«

»Nein«, antwortete sie. »Ich habe dort nichts zu tun.«

Er sah sie einen Augenblick an, und sie hatte das Gefühl, er lese ihre Gedanken und wüßte ganz genau, warum sie nicht mitkommen wollte.

»Du bist gern hier, nicht wahr?« fragte er. »Schade, daß du nicht die Frau von Charles bist und hier mit ihm leben kannst.«

»Roshven gehört doch nicht Charles.«

»Wenn Decima stirbt, bevor sie einundzwanzig ist, gehört es ihm.«

»Kaum anzunehmen, daß sie in den nächsten acht Tagen stirbt!« Dann: »Wie hast du denn das herausbekommen?«

»Sie hat es mir erzählt.« Er wandte sich zum Gehen. »Bist du sicher, daß du nichts brauchst aus Kyle of Lochalsh?«

»Ganz sicher. Danke, Danny.«

»Dann also bis später«, sagte er und ging zur Mole. Sie blickte ihm nach und sah Decima mit einem Korb am Arm aus dem Haus kommen und in das wartende Motorboot steigen.

Decima verstand es, sich gut anzuziehen. An diesem Nachmittag trug sie schwarze Hosen und eine hellblaue Wolljacke mit Kragen. Daniel würde sicher auch finden, daß sie nett aussah. Rebecca wußte, was ihm an Frauen gefiel.

Nach einer Weile ging sie langsam zum Haus zurück. Der Himmel hatte sich bezogen. Für heute war es vorbei mit dem Schwimmen. Zum ersten Mal fragte sie sich, wie wohl der Vetter von Charles sein würde. Aber als sie das Haus betrat, hatte sie Rohan Quist vergessen. Einige Stunden später kam er.

Rohan saß bei einem Scotch mit Soda in einer Hafenkneipe, als er sie kommen sah. Er war in seinem roten Volkswagen eine Stunde früher in Kyle of Lochalsh eingetroffen und hatte den Wagen schon in eine Garage gefahren. Er erkannte sofort das Motorboot, wie es sich seinen Weg durch die Fischerboote zum Quai bahnte. Decima saß am Steuer, aber der dunkle Mann in der schwarzen Windjacke war ihm fremd.

Sofort stellte er so etwas wie Eifersucht bei sich fest. Decima und der Fremde machten das Boot fest und sprangen an Land. Der Mann war nicht so groß, wie er angenommen hatte, aber breit und kräftig gebaut. Rohan kam sich schmächtig gegen ihn vor; er reckte sich, und instinktiv begann seine Kopfhaut zu jucken. Wäre er ein Hund gewesen, hätten sich womöglich seine Nackenhaare aufgestellt. Und dabei war ihm seine Reaktion selbst ganz unverständlich.

Der Mann berührte Decimas Arm, faßte sie jedoch nicht unter, und Seite an Seite gingen sie den Quai entlang. Sie redeten miteinander. Rohan sah Decima lachen.

Wer war dieser Mann?

Nach ein paar Minuten waren sie an der Tür der Kneipe und kamen herein, um ihn zu suchen. Aber er war so beschäftigt mit seiner für ihn unerklärlichen Antipathie, daß er sich nicht von seinem Stuhl erhob. Es war ihm plötzlich kalt und unbehaglich.

»Hallo, da bist du ja!« rief Decima. »Warum machst du dich denn nicht bemerkbar, du komischer Kerl? Wie geht es dir? Du warst ja schon endlos lang nicht mehr bei uns!«

»Das stimmt«, sagte er. Aber er sah sie gar nicht an. Er sah starr über ihre Schulter. Und als sie sich umdrehte, um den Fremden vorzustellen, trat dieser selbst vor und streckte seine Hand aus.

»Ich bin Daniel Carey«, sagte er unerwartet freundlich. »Willkommen in Roshven, Mr. Quist.«

2. Kapitel

Am Donnerstag kam Rachel nach Roshven. Rohan holte sie am frühen Abend in Kyle of Lochalsh am Bahnhof ab. Er hatte zwei Pullover an, dicke Tweedhosen und ein Jakkett und schien immer noch zu frieren.

»Decima ist im Boot geblieben. Es ist nämlich saukalt hier«, sagte er ihr. »Ich hoffe, du hast Wintersachen mit, sonst kannst du dich hier innerhalb von vierundzwanzig Stunden zu Tode frieren. Seit gestern ist es geradezu antarktisch, mir war noch nie so kalt in meinem Leben. Ist das dein Gepäck? Gut, gehen wir . . . Ja, bis gestern war es ganz warm, und dann kam ein Seewind mit kaltem Regen, und das Thermometer fiel um zwanzig Grad. Oder so. Schlimmer als die Kälte ist diese Feuchtigkeit, die einem in alle Knochen kriecht, bis das Fieber sie wieder rausschüttelt. Wie war die Reise?«

»Danke gut.« Er ging vor ihr her aus dem Bahnhof hinaus, einen Koffer in jeder Hand, und als sie auf die Straße kamen, blies ihnen ein feuchtkalter Wind ins Gesicht. »Ich kann es immer noch nicht fassen, daß Decima wirklich hier draußen lebt«, sagte sie zu Rohan und schlug den Kragen ihres Regenmantels hoch. »Gerade Decima! Ich kann sie mir eigentlich nur in der Großstadt vorstellen, mit dem entsprechenden versnobten Hintergrund. Charles sehe ich schon eher in der Rolle des Landedelmannes. Aber Decima als wetterfester Tweed-Typ, das übersteigt meine Vorstellungskraft.«

»Hm«, machte Rohan ziemlich unbeteiligt, »komischerweise scheint sich Charles in seiner Rolle sehr schlecht zu fühlen, während Decima einen völlig gelösten und zufriedenen Eindruck macht. Da drüben ist das

Boot! Decima sitzt am Steuer, man sieht ihre blaue Jacke.«

Bald waren sie an der Landungsstelle. Fischer flickten ihre Netze, Möwen segelten kreischend im Wind, ab und zu tuckerte ein Motor, dazwischen gälisches Stimmengewirr. Rachel kam sich wie im Ausland vor. Diese hinterste Ecke des Landes schien ihr tausend Meilen von dem England entfernt, das sie kannte, von den sanften grünen Hügeln von Surrey, mit den Pfirsichbäumen voller Früchte und den lodernden Ginster- und Rhododendronbüschen. Weltweit entfernt schienen ihr die hübschen Häuser und die hellen Straßen. Vielleicht, dachte sie, war es doch nicht so seltsam, daß sich Decima hier zu Hause fühlte und Charles nicht. Decima war ja kosmopolitisch aufgewachsen und empfand dieses Land vielleicht nicht als fremd und feindlich, während Charles sich wahrscheinlich immer wie ein Engländer im Ausland vorkam, voll Heimweh nach Oxfords spitzen Türmen, ein Zivilisierter unter lauter Barbaren.

»Fühlt sich Charles wirklich so wenig wohl hier?« fragte sie Rohan neugierig.

»Nun ja, vielleicht habe ich etwas übertrieben, denn ich weiß ja anderseits, wie gern er fischt und in Ruhe arbeitet, aber ich glaube, nach einer Weile sehnt er sich immer nach Oxford zurück. Ich kann ihn, weiß Gott, verstehen. Für die Ferien ist Roshven prima, für länger ist es zuviel des Guten. Ich finde es schon merkwürdig, daß die Careys so lange geblieben sind. Sie sind jetzt schon sechs Wochen hier.«

Über ihnen kreischte eine Möwe und tauchte ins Wasser. Die Sonne blitzte für einen kurzen Augenblick aus den Wolken; über die graue Landschaft zog ein roter Abendschein, doch schon verfinsterte sie sich wieder, und die Sonne war weg.

»Wer sind die Careys?« fragte Rachel.

»Hat Decima sie nicht in ihrem Brief erwähnt? Komisch!«

»Wer sind sie? Freunde von Charles?«

»Ja. Ein merkwürdiges Paar. Ich würde mich wundern, wenn du mit ihnen was anfangen kannst. Rebecca Carey ist eine von diesen intellektuellen Frauen, die mich ennervieren. Mir kommt vor, sie steht ständig unter Überdruck. Eine anstrengende Person.«

»Scheint nicht dein Typ zu sein!«

»Wenn sie nur einen Hauch Humor hätte, aber leider nimmt sie alles viel zu wichtig. Vor allem sich selbst.«

»Du meinst«, sagte Rachel, »sie findet dich nicht witzig.«

»Das meine ich keineswegs! Nur . . .«

»Ich sehe schon. Und ihr Mann? Steht er auch unter humorlosem Überdruck?«

»Er ist nicht ihr Mann, sondern ihr Bruder, ein ehemaliger Schüler von Charles, der jetzt in Cambridge ist.«

Sie waren jetzt zwei Minuten vom Boot entfernt, und Rohan sah, daß Decima ihnen zuwinkte.

»Warum hat Charles sie eigentlich nach Roshven eingeladen?« sagte Rachel und winkte zurück. »Ah, da kommt Decima. Himmel, sie wird immer schicker. Dagegen komme ich mir ganz zerknittert vor . . .«

Decima sprang schon aus dem Boot und kam ihnen rasch entgegen. Der Wind fuhr in ihr schwarzes Haar, sie streifte es lachend aus dem Gesicht. Sie hatte kein Make-up aufgetragen. Und die vielen Wochen in dem feuchten Hochlandklima waren ihr gut bekommen, ihre Haut war glatt, ihr Teint leicht gebräunt, die Wangen rosig. Sie hatte alte Hosen an und einen weiten Anorak und sah trotzdem höchst verführerisch aus.

»Raye! Wie schön, dich zu sehen!« Sie hatte eine weiche,

tiefe Stimme mit einem leichten, undefinierbaren fremden Akzent.

»Ich bin so froh, daß du gekommen bist.«

Kein Anzeichen von Nervosität oder von dieser Angst, die so deutlich aus ihrem Brief gesprochen hatte. Sie wirkte ruhig und ausgeglichen. Mehr wie eine Frau um dreißig als ein Mädchen von nicht einmal einundzwanzig.

»Ich habe mich sehr über deine Einladung gefreut«, sagte Rachel höflich; ihr Minderwertigkeitskomplex begann sich wieder zu regen. »Ich bin noch nie im Hochland gewesen.«

»Alle Mann an Bord!« rief Rohan vergnügt. Er merkte an ihrer Stimme, was in ihr vorging, und kam ihr sofort zu Hilfe.

»Nächste Landung ist Roshven! Willst du ans Steuer, Decima?«

»Ich muß wohl!« gab sie zurück. »Mit dir am Steuer wären wir bald gekentert!« Sie lachten, und die kleine Verlegenheit war vergessen. »Ist dir kalt, Rachel? Willst du nicht hinunter in die Kabine gehen? Du mußt furchtbar müde sein.«

Rachel zögerte. Sie wollte nicht ungesellig erscheinen, anderseits fürchtete sie sich vor dem feuchtkalten Wind. Da schlug Rohan vor: »Ich rufe dich, wenn Roshven in Sicht kommt. Geh, setz dich in die Kabine und trink einen Scotch.«

»Ja«, sagte Decima, »gib ihr einen Drink, Rohan. Ich werde hier schon allein fertig, wenn wir aus dem Hafen raus sind.«

»Das glaube ich gern, daß du ohne mich fertig wirst«, meinte Rohan. »Decima steuert ihr Boot genausogut wie ihren Wagen, besser als die meisten Männer«, sagte er zu Rachel.

Decima lachte: »Das bringt auch nur ein Brite fertig.

Sagt, eine Frau sei maskulin, und hält das noch für ein Kompliment!«

»Liebe Decima«, sagte Rohan, »nur ein taubstummer Blinder kann an deiner Feminität zweifeln. Ich komme gleich nach, Rachel. Geh schon hinunter und mach es dir bequem.«

Die Kabine war warm und gemütlich, mit zwei Bettbänken rechts und links. Als sie sich niedersetzte, merkte sie plötzlich, wie müde sie war. Sie lehnte sich zurück und schloß die Augen, gerade als der Motor anlief. Sie konnte Rohans Stimme hören, der irgend etwas schrie, dann einen dumpfen Schlag, und sie spürte, daß das Boot sich bewegte und von der Anlegestelle hinaus auf die offene See fuhr. Sie beugte sich vor und lugte durch die Bullaugen. Der Hafen wurde immer kleiner, und Kyle of Lochalsh war nur noch ein wirres Durcheinander von grauen Häusern vor kahlen, grauen Bergen.

Sie hörte Schritte über sich. »Hast du den Whisky gefunden?« fragte Rohan, als er mit einem kalten Luftzug in die Kabine trat. »Nein? Du willst doch einen, nicht?«

»Bitte.« Sie sah ihm zu, wie er die Flasche aus einem Schränkchen über dem Bett nahm und dann aus der kleinen Kombüse ein Glas und Wasser holte. Eine Minute später brannte ihre Kehle wie Feuer, und sie fühlte sich besser.

Sie versuchte wieder hinauszuschauen. Da war nun nichts mehr zu sehen außer einer Felsküste und schwarzen Mooren und Bergen landeinwärts. Dann kam plötzlich wieder die Sonne heraus und beleuchtete für einen Augenblick die düstere Landschaft.

»Wie eigenartig«, sagte sie, »daß man keine Häuser, keine Bäume, keine Straßen sieht. Das macht mich direkt nervös. Anscheinend bin ich mehr Stadtmensch, als ich dachte.«

»Ich glaube, das ist ganz normal«, sagte Rohan, »auch

die Hochländer zieht es ja immer wieder in den Süden, in die Ebene und in die Städte. Und man kann's verstehen. Von diesem Land zu leben, muß hart sein. Auch von Roshven sind sie mit ihren Schafen in den Süden gezogen.«

»Und doch ist es auch schön hier.«

»O ja, für eine Weile.« Rohan ging noch einmal in die Kombüse, um sich ebenfalls einen Drink zu mixen. Als er zurückkam, rückte sie auf der Bank ein wenig zur Seite, so daß er sich neben sie setzen konnte. Sie dachte bei sich, wie merkwürdig es sei, daß sie, die sonst in Gesellschaft von Männern so verklemmt war, sich bei Rohan immer so wohl fühlte.

»Nun erzähl mal, was hier alles passiert ist«, sagte sie.

Er zuckte die Achseln. »Nicht viel eigentlich. Ich war ein paarmal allein fischen. Charles kam einmal mit, aber er steckt sehr in der Arbeit an seinem Buch, so daß er, glaube ich, mehr aus Höflichkeit mitkam.«

»Bist du ausgeritten mit Decima?«

»Nein«, meinte er und trank einen Schluck Whisky, »mit ihr nicht. Aber allein bin ich einmal bis Cluny geritten und habe gar nicht gemerkt, daß ich schon so weit war. Reite um Gottes willen nie allein aus, Rachel, im Inland kann man sich leicht im Moor verirren, und am Strand gerät man plötzlich in Schwemmsand. Und das merkst du erst, wenn dein Pferd schon strauchelt. Es sieht nämlich alles gleich weiß und einladend aus.«

»Warum ist denn Decima nicht mitgeritten? Sie kennt sich doch aus an den gefährlichen Stellen?«

»Sie reitet anscheinend nicht mehr so gern.«

»Da hast du ja ganz trübselige Ferien verbracht«, neckte sie ihn. »Charles wollte nicht mit dir fischen und Decima nicht reiten. Und die Careys?«

»Die reiten und fischen nicht.«

»Nein? Was haben die denn die ganzen sechs Wochen hier getrieben?«

»Rebecca schwimmt gern.«

»Schwimmt? Bei dem Wetter?«

»Bis gestern war es sehr viel wärmer. Und den Rest der Zeit liest sie Sartre und hält sich für eine zweite Simone de Beauvoir.«

»Und ihr Bruder?«

»Daniel? Ich weiß eigentlich nicht. Ich habe ihn nicht viel gesehen.« Er bot ihr eine Zigarette an und gab ihr Feuer.

»Ich schau mal nach, was Decima macht«, sagte er plötzlich und stand auf. »Wir können nicht mehr weit von Roshven sein. Ich bin gleich wieder da.«

Sie schloß schläfrig die Augen. Als er dann durch die Luke nach ihr rief, raffte sie sich mühsam auf und ging an Deck. Der Wind schlug ihr von der Seite ins Gesicht, und sie merkte, wie sich ihr Körper in der Kälte zusammenkrümmte. Auf der tobenden, grauen See tanzten weiße Flecken. Am Steuer sah sie Decimas glühendes Gesicht, ihr langes Haar flatterte hinter ihr im Wind, ihre Augen blitzten. Neben ihr Rohan, jetzt rief er etwas, was sich im Rattern des Motors und im Wind verlor.

Rachel drehte ihr Gesicht gegen den Wind. Da bog das Boot um die Halbinsel, und sie sah Roshven.

Der Wind peitschte ihr vom Bug her immer wieder Gischt in die Augen, ihre Lippen schmeckten schon ganz salzig, aber zwischendurch sah sie die Türme und Türmchen von Roshven näherkommen, klar standen die hellgrauen Mauern vor dem schwarzen Hintergrund der Moor- und Berglandschaft.

Plötzlich war Decima an ihrer Seite, Rohan hatte das Steuer übernommen.

»Ist das nicht herrlich?« rief sie, und ihre Augen glänzten begeistert. Rachel konnte sich nicht erinnern, daß Decima je für einen Mann so viel Feuer aufgebracht hatte. »Für mich ist das der schönste Platz der Welt!« Und als sie ihre Hand auf Rachels Arm legte, spürte Rachel, wie die schlanken Finger vor Erregung zitterten.

»Phantastisch, Decima«, hörte sie sich sagen. »Ich habe so etwas noch nie gesehen.«

Die wilde Schönheit der Landschaft war fast bedrükkend. Rachel hatte sich noch nie so einsam gefühlt. Sie hatte plötzlich Angst. Dann kam ihr das selber lächerlich vor, und sie riß sich zusammen.

Decima war wieder am Steuer. Sie näherten sich der Küste, und Rachel konnte das Haus nun deutlicher sehen, den rauhen Stein, die blanken dunklen Fenster, den stellenweise sehr gepflegten Garten, eine Anlegestelle mit einem Bootshaus, Ställe und andere Nebengebäude. Eine Kuh graste friedlich auf einer Wiese, und sechs kleine Schweine tummelten sich in einem Gehege neben der Kuh. Vor der Haustür liefen Hühner hin und her, und ein riesiger Bernhardiner, der auf der Schwelle ein Nickerchen gemacht hatte, öffnete beim Tuckern des Motorbootes langsam die Augen und trottete zum Steg hinunter.

Nach der Wildheit der Küste wirkte die aus der Nähe besehene Szenerie des Hauses und die Umgebung sehr beruhigend.

Das Boot kurvte bis knapp an die Anlegestelle und blieb mit einem letzten Schwanken stehen, der Motor setzte aus. Der große Hund hob seine Pfote und tappte auf das Boot.

»Vorsicht, George«, sagte Decima, sprang auf die Mole und drehte sich um, um Rachel zu helfen. »Rohan, kannst du die Koffer nehmen? Da kommt Charles, der kann dir helfen.«

Rachel kletterte auf den Steg. Jetzt, wo sie aus dem Wind waren, fand sie die feuchte Luft angenehm erfrischend. Sie holte mit halbgeschlossenen Augen tief Atem, und als sie aufblickte, sah sie Decimas Mann über den Strand auf sie zukommen. Neben ihm ging eine dunkelhaarige junge Frau in einer dicken grünen Wolljacke und einem Tweedrock.

»Das ist Rebecca Carey«, hörte sie Decima so nebenbei sagen. »Ich habe dir, glaube ich, noch nicht gesagt, daß wir Gäste in Roshven haben, oder?«

»Rohan hat es mir erzählt.«

Der Bernhardiner erhob sich würdevoll und schritt auf Charles zu. Er war so breit wie der Landesteg.

»Aus dem Weg, George«, hörte Rachel Charles gutmütig sagen. »So ist es gut ... Hallo, Rachel ... schön, Sie wiederzusehen! Haben Sie eine gute Reise gehabt? Ja? Fein ... Darf ich Sie unserem Gast vorstellen? Rebecca, das ist Rachel Lord. Rachel, das ist Rebecca Carey.«

Die Hand des Mädchens lag schlaff in der ihren. Schnell ließ Rachel diese Hand wieder los. »Sehr erfreut«, murmelte sie steif.

Etwas anderes fesselte jetzt die Aufmerksamkeit des Bernhardiners. Majestätisch bewegte er sich wieder auf das Haus zu, sein langer Schwanz schwang bei jedem Tritt elegant hin und her.

»Kann ich dir helfen, Rohan?«

»... gehen wir ins Haus, ja?«

»... das Meer ist ziemlich stürmisch ...«

»... Heute ist es nichts mit dem Schwimmen, Rebecca! Decima, warum kommst du nicht?«

Ein Mann war aus dem Haus getreten und kam auf sie zu. Bei dem Bernhardiner blieb er stehen, legte leicht einen Finger auf dessen Kopf, und der Hund schaute zu ihm auf, als ob diese Liebkosung für ihn eine große Ehre bedeute.

»Komm, Rachel«, sagte Decima und ging voraus.

Der Mann und der Hund kamen ihnen gemeinsam entgegen. Der Hund lief sehr schnell und bewegte sich kaum dabei. Der Mann ging langsam, aber er machte den Eindruck, als bewege er sich sehr schnell. Er hatte einen dunklen Pullover an und schwarze Hosen. Sein Haar war so schwarz wie seine Augen.

»Ach, da bist du ja!« rief Decima laut über den Strand. »Ich habe mich schon gefragt, wo du wohl sein kannst!« Sie drehte sich zu Rachel um, ihre Augen blitzten so blau wie ein südlicher Sommerhimmel. »Das ist Rebeccas Bruder, Raye«, sagte sie. »Daniel Carey.«

Daniel sah ein großes, schlankes Mädchen mit weichem, braunem Haar, schüchternen Augen und einem weichen Mund. Weil er ein guter Beobachter war, bemerkte er auch, daß sie schlecht gekleidet war. Der Regenmantel stand ihr nicht, und ihre Schuhe waren häßlich und altmodisch. Ihr Lächeln kam zögernd, aber herzlich. Jede Unaufrichtigkeit mußte ihr verhaßt sein. Decimas kalkulierte Brillanz wirkte dagegen künstlich und kalt.

»Haben Sie viel Gepäck, Miß Lord?« fragte er höflich. »Darf ich es Ihnen ins Haus tragen?«

»Charles und Rohan sind schon dabei«, sagte Decima, bevor Rachel antworten konnte. »Komm mit uns, Daniel.«

Vielleicht war es der Ton, in dem sie das sagte, der ihm plötzlich den Wunsch eingab, genau das Gegenteil zu tun, oder aber er wollte ihr in diesem Augenblick nur aus dem Weg gehen. Jedenfalls ging er weiter auf die Mole zu und rief über die Schulter zurück: »Ich sehe nach, ob ich helfen kann.«

Der Bernhardiner tapste hinter ihm her, sein Schwanz streifte Rachels Regenmantel.

»George!« rief Decima scharf.

Aber der Hund tat so, als hörte er sie nicht.

»Ich weiß gar nicht, warum George dich so liebt, Daniel«, meinte Charles, der mit einem der Koffer von der Mole kam. »Du beachtest ihn doch gar nicht.«

»Bist du eifersüchtig?« fragte Rohan hinter ihm. Er lachte, aber seine Augen blieben ernst. »Ich dachte, über das Gefühl bist du erhaben.«

Mein Gott, dachte Daniel, ist der Mann dumm.

Eine kalte Wut stieg in ihm hoch.

Aber Charles lachte nur. Er schien taub für alle Angriffe und schien die emotionellen Schwingungen in der Atmosphäre nicht zu bemerken. »Oh, ich neide keinem Menschen die Zuneigung eines Hundes! Aber ich habe George noch nie so freundlich mit einem Fremden gesehen. Daniel muß einen Trick angewandt haben.«

»In Tricks kennt er sich aus«, sagte Rohan Quist, aber Charles war schon den Steg hinaufgegangen und hörte ihn nicht.

Rebecca fuhr herum. »Was soll das heißen?«

»Er hebt nur eines meiner zahlreichen Talente hervor«, sagte Daniel schnell, bevor Quist noch den Mund aufmachen konnte. »Gehen wir!« Rebecca wollte etwas zu ihm sagen, aber er schnitt ihr mit einer Handbewegung das Wort ab, und sie war sofort still. Wirklich, Rebecca reagiert momentan zu empfindlich, dachte er gereizt. Er mußte mit ihr reden. Das war ja schon gefährlich.

Im Haus ging er gleich in das Wohnzimmer und mixte sich einen Drink, während die anderen das Gepäck hinauftrugen. Er war gerade mit dem Glas in der Hand ans Fenster getreten, als seine Schwester ins Zimmer kam.

»Mach bitte die Tür zu.«

Sie schloß die Tür. »Danny . . .«

»Was ist denn los mit dir?« fragte er ärgerlich. »Warum ignorierst du Quist nicht einfach? Du spielst ihm doch genau in die Hand!«

»Aber Danny, als er sagte . . .«

»Hör nicht hin. Vergiß es. Und such nicht in allem, was er sagt, einen Doppelsinn!«

»Aber . . .«

»Er möchte gern Unruhe stiften, der Mann, darüber sind wir uns doch klar. Warum zeigst du ihm so deutlich, daß es ihm gelungen ist?«

»Aber Danny, denk doch an Charles . . .«

»Zum Teufel mit Charles!« sagte Daniel und brach ab. Denn Charles trat gerade ins Zimmer. Hinter ihm Quist.

»Kann ich euch einen Drink geben?« hörte er sich sagen und setzte sein charmantestes Lächeln auf.

»Danke, nein«, sagte Rohan.

»Charles? Trinkst du einen Scotch mit mir?«

»Gerne«, sagte Charles vergnügt, »das ist genau das, was ich jetzt brauche.« Er setzte sich in einen Sessel vor dem Kamin und streckte behaglich die Beine aus. »Und du, Rebecca? Magst du etwas trinken?«

»Im Augenblick nicht, Charles«, sagte sie gepreßt.

Keiner sprach. Daniel füllte Eiswürfel in ein Glas und schüttelte den Whisky vorsichtig, ohne daß man ihm die geringste Spannung anmerkte.

»Bitte, Charles«, sagte er und reichte seinem Gastgeber den Scotch. Dabei fragte er sich, ob Charles wirklich nicht merkte, wie sich Rohan benahm, wie nervös Rebecca war und wie desillusioniert und voller Verachtung er selber. Daniel erinnerte sich schmerzlich an frühere Tage, da er als frischgebackener Student in Oxford ungeduldig vor dem Saal auf Einlaß gewartet hatte, wo der berühmte Historiker Charles Mannering seine Vorlesungen hielt. Er konnte es nicht fassen, daß er noch vor kurzer Zeit Charles so sehr bewundert hatte. Wäre er nicht mit Rebecca nach Roshven gekommen, wäre es wohl immer noch so.

Aber in Roshven hatte sich ihre Beziehung total verändert.

Niemand sprach ein Wort. Die Stille war bedrückend. Da öffnete sich die Tür, und Decima kam herein.

»Ihr seid aber still!« Sie wirkte so heiter und schien fest davon überzeugt, jeder müsse sich in diesem freundlichen Raum wohl fühlen, daß die Spannung wich, und Rohan sagte: »Jetzt hätte ich doch ganz gern einen Drink.« Charles holte seine Pfeife heraus, Rebecca blätterte in einer Ecke in einer Illustrierten, und Daniel ließ sich gegenüber von Charles beim Kamin nieder, mit dem Bernhardiner zu seinen Füßen.

»Wir essen erst in einer Stunde«, sagte Decima. »Ich dachte, Rachel will vielleicht ein Bad nehmen und sich nach ihrer langen Reise ein wenig ausruhen.«

Man sprach über dies und das. Dann ging Decima in die Küche, um nach der Köchin zu sehen, und als sie kaum wieder da war, kam auch Rachel herunter. Sie trug ein graues Kleid, das sie viel zu alt machte, und eine einfache, sehr elegante Brosche, die auch die bestangezogene Frau der Welt mit Vergnügen getragen hätte. Ihr kurzes braunes Haar glänzte im Abendsonnenschein. Sie wirkte noch immer schüchtern.

Alle bemühen sich auffällig um sie, dachte Daniel. Charles bot ihr sofort einen Drink an. Rohan bestand darauf, daß sie sich zu ihm aufs Sofa setze. Decima spielte die Rolle der perfekten Hausfrau, die ängstlich darauf bedacht ist, daß sich ihr Gast wohl fühlt.

Er konnte immer noch nicht verstehen, warum Decima sie plötzlich nach Roshven eingeladen hatte.

»Ich bin noch gar nicht dazu gekommen, dir von der Geburtstagsparty zu erzählen«, sagte Decima gerade lebhaft. »Ich bin schon ganz aufgeregt. Und ich freue mich so, daß du kommen konntest, Raye, hoffentlich gefällt es dir hier . . .«

Mit der Geburtstagsparty schien Decima ihre überraschende Einladung zu erklären. Doch warum hatte sie Rachel wirklich hierher gebeten?

». . . Wir haben sechzehn Leute eingeladen. Da werden wir den großen Tisch in die Halle schieben, und wenn Willie, unser Wildhüter, und die Herren hier Glück haben, können wir das Wild am Spieß braten . . .«

Daniel dachte an seinen eigenen einundzwanzigsten Geburtstag vor fünf Jahren, kurz vor dem Abschluß seines letzten Semesters in Oxford. Damals hatte es eine Party gegeben, die den Dekan zum Erbleichen gebracht und die Nachbarn verärgert hatte. Und fast hätte er sich verlobt. Aber trotz des vielen Champagners hatte er sich im letzten Moment noch zurückgehalten. Am nächsten Morgen war von den Rechtsanwälten seiner Eltern ein Brief gekommen, der ihm mitteilte, daß das gesamte, seit seiner Kindheit für ihn verwaltete Vermögen ihm nun voll zur Verfügung stünde.

Auch Decima würde jetzt ihr Vermögen ausgehändigt bekommen. Dann konnte sie mit Roshven machen, was sie wollte.

»Wer sind die Gäste?« fragte Rachel.

»Rebecca und Daniel, natürlich du und Rohan, die MacDonalds und die Camerons aus Kyle of Lochalsh und die Kincaids aus Skye sowie der Anwalt meines Vaters, der alte Mr. Douglas aus Cluny Gualach mit seiner Tochter Rosalinde. Mit Mr. Douglas haben wir noch einige Fragen zu klären. Er hat mir neulich einen schrecklich langen Brief geschrieben, über das Testament und all diesen lästigen Kleinkram.«

»Meinst du damit Roshven?« konnte sich Daniel nicht verbeißen zu fragen.

»Nein, nein«, sagte sie lachend und trank einen Schluck. »Aber die Anwälte stehlen einem die ganze Romantik und machen aus dem Einundzwanzigsten eine reine Geldangelegenheit ... Bitte kann ich noch Wein haben, Charles?«

Ob sie weiß, daß sie zuviel trinkt, fragte sich Daniel? Man merkt ihr aber kaum etwas an.

Das andere Mädchen dagegen nippte kaum an seinem Wein. Dafür schien ihr das Essen zu schmecken, denn sie lächelte und wirkte viel weniger zurückhaltend. Ein-, zweimal warf sie ihm einen schnellen Blick zu und wurde rot, als sie merkte, daß er sie beobachtete. Was für eine Beziehung hatte sie wohl zu Rohan Quist? Vielleicht war wirklich nicht mehr zwischen ihnen als eine platonische Freundschaft, dachte Daniel. Quist kam ihm, obwohl er nur um ein Jahr jünger war als er selbst, wie ein Kind vor, übererregbar und unreif. Diese Eigenschaften konnten doch unmöglich anziehend wirken auf eine Frau, schon gar nicht auf ein so natürliches Mädchen wie Rachel Lord.

Als sie sich mit Decima erhob und die Männer noch bei einem Drink sitzen blieben, stellte er erstaunt fest, daß er den ganzen Abend eigentlich nur an sie gedacht hatte. Und während er ihr nachsah, hätte er gern gewußt, ob sie sich auch ein wenig mit ihm beschäftigt hatte.

Rachel stieg mit einer Lampe in der Hand die gewundene Treppe hinauf in ihr Zimmer. Irgendwer, wahrscheinlich die Haushälterin, hatte Feuer im Kamin gemacht, der Raum hatte sich schon erwärmt, aber der Regen schlug gegen die Fensterscheibe, und sie hörte den Wind um die Mauern pfeifen, als sie niederkniete, um ihre Hände zu wärmen.

Und dabei war es erst September, und weit im Süden trugen die Menschen noch Sommerkleider und genossen die Abendsonne.

Der Wind ratterte in den Dachtraufen. Sie fror und kauerte sich näher ans Feuer.

Die Flammen flackerten. Lange starrte sie ins Feuer. Sie dachte an Daniel. Warum nur war sie Männern gegenüber so schüchtern? Wo war da ihr sonstiges Selbstvertrauen? Mit einem fremden Mann fühlte sie sich immer höchst unbehaglich.

Diesem Carey war sie sicher sehr unbeholfen vorgekommen. Wie gelassen benahm sich dagegen Decima! Sie sagte sich gerade, daß Schönheit das Selbstvertrauen wohl sehr stärke, als es an die Tür klopfte. Sie glaubte zuerst, sie hätte sich durch den Wind täuschen lassen, aber als sie unsicher zur Tür sah, klopfte es wieder.

»Rachel?« flüsterte es draußen, und im nächsten Augenblick öffnete sich die Tür einen Spalt und Decima schlüpfte ins Zimmer. »Ach, da bist du!« Sie schloß die Tür und ließ sich neben Rachel am Kamin nieder. »Endlich kann ich mit dir allein reden.«

Rachel schaute sie einen Augenblick lang verständnislos an, dann erst fiel ihr der Brief ein, den Decima ihr geschrieben hatte. Sie war so mit sich selbst beschäftigt gewesen, daß sie alles andere vergessen hatte.

»Ich wollte auch schon längst mit dir reden«, sagte sie leichthin. »Was um Himmels willen hast du in deinem Brief gemeint? Ich konnte mir keinen Vers darauf machen, außer daß du dich in einer schrecklichen Verfassung befinden mußt. Und hier wirkst du so kühl wie ein Fisch und so ausgeglichen wie eh und je! Was gibt's also?«

Decima zog ihre Pelzstola, die sie über einem dunkelblauen Kleid trug, enger um die Schultern. Ihr Gesicht sah plötzlich ganz weiß und spitz aus, der flackernde Feuerschein beleuchtete die violetten Ringe unter ihren Augen. Sie antwortete nicht.

»So sag doch was, Decima!«

Nach einer langen Pause flüsterte Decima: »Ich glaube, Charles will mich umbringen.«

3. Kapitel

Das Feuer zündelte noch immer gierig an den Holzscheiten, ein unruhiges Licht tanzte auf Decimas Gesicht, das vor Angst verzerrt war.

»Charles?« fragte Rachel.

»Seit einiger Zeit habe ich Angst vor ihm.«

Rachels Gedanken wanderten zurück nach Genf, wo sie Decima kennengelernt hatte; damals hatte sie nicht geahnt, daß sie sich einmal in einem so düsteren Augenblick wiedersehen würden. Sie sah die Turmspitzen von Oxford vor sich und einen jungenhaften Rohan, der mit seinem berühmten Vetter Charles angab. Sie dachte an das Wochenende mit Charles Mannering, als er Decima zum ersten Mal sah. Sie dachte an seinen Charme und seine Bildung, sein Wissen und seinen Witz, an seine Eitelkeit und seinen Stolz. Es war ein Schock für sie, als ihr plötzlich bewußt wurde, wie unsympathisch er ihr immer war!

»Du kannst es nicht glauben, nicht wahr?« sagte Decima. »Du kannst nicht glauben, daß das möglich ist. Du kennst Charles als angesehene akademische Berühmtheit, als eine Säule der Oxforder Gesellschaft, als den vollkommenen englischen Gentleman. Du kannst nicht glauben, daß er jemals anders als charmant, freundlich und großzügig sein könnte.«

»Ich . . .«

»Ich hätte es auch nicht geglaubt. Als ich ihn heiratete, war er für mich die Erfüllung aller meiner Wünsche: ein älterer Mann, dem ich vertrauen konnte, ein kluger Mann, den ich respektieren konnte, ein liebevoller Ehemann, der mich sicher glücklich machen würde. Aber ich habe mich geirrt. Er hat mich nie geliebt. Er hat mich geheiratet, weil ich gut aussah und in Oxford Aufsehen erregen würde. Er wollte sich in meinem Glanz sonnen und sich von anderen Männern zu seiner Frau beglückwünschen lassen. Bald merkte ich, wie egoistisch und eitel er eigentlich ist. Er interessierte sich nur für sich selbst. Aber da auch ich meinen Stolz hatte, bin ich nicht zu meinem Vater gelaufen und habe nicht zugegeben, daß ich einen schrecklichen Fehler gemacht hatte. Ich sagte nichts und tat so, als liefe alles prächtig, während eine Enttäuschung auf die andere folgte. Wäre ich ihm doch nie begegnet!«

Sie schwieg. Die behagliche Wärme des Feuers stand in krassem Gegensatz zu der stürmischen Nacht draußen und zu Decimas verängstigter Stimme.

»Aber erst als mein Vater gestorben war, entdeckte ich den wahren Grund, warum Charles mich geheiratet hatte. Ich verstehe nicht, warum ich vorher so blind war. Erst als Vater tot war und die Anwälte uns das Testament erklärt hatten, merkte ich, daß Charles mich nur wegen meines Geldes geheiratet hatte.

Charles ist faul. Er mag keine Vorlesungen halten und haßt regelmäßige Arbeit. Er behauptet, er brauche viel freie Zeit zum Schreiben und Studieren, aber er schreibt gar nicht viel. Er genießt es vielmehr, den eleganten Müßiggänger zu spielen. Und wenn ich Roshven verkaufen und den Ertrag günstig anlegen würde, dann könnte er den Lehrstuhl aufgeben. Er dachte, ich würde Roshven gleich nach meinem einundzwanzigsten Geburtstag verkaufen; er konnte nicht verstehen, daß ich hier wirklich leben wollte und daß ich das Haus nie und nimmer selbst für alles Geld der Welt verkaufen würde. Er begriff nicht, was es für mich heißt, endlich ein Zuhause zu haben, nachdem ich so viele Jahre mit meiner Mutter von einem Hotel zum anderen gezogen war. Er wollte es auch gar nicht verstehen. Er ärgerte sich, weil er das Geld haben wollte, und ich war entschlossen, es nicht in seine Hände geraten zu lassen.

Nun weißt du ja noch gar nicht, was in Vaters Testament steht. Mein Vater hatte sich wie alle anderen von Charles' oberflächlichem Charme täuschen lassen. Er hielt ihn für die ideale Person, seine Interessen zu vertreten, wenn ich noch vor meiner Großjährigkeit zur Waise werden sollte. Mein Vater ernannte Mr. Douglas und seinen Partner zu Vormundschaftsverwaltern und empfahl ihnen, in allen Fragen Charles zu Rate zu ziehen. Sterbe ich vor meinem einundzwanzigsten Geburtstag, geht der Besitz auf meine Kinder über, wenn ich kinderlos bin, auf Charles. Deshalb konnte er auch nicht Charles zum Verwalter machen, weil er das als eventueller Erbe nicht sein darf. Wenn ich volljährig sterbe, ohne ein anderslautendes Testament zu hinterlassen, erbt Charles Roshven.«

»Hast du ein Testament gemacht?«

»Ja, aber ich kann es erst unterzeichnen, wenn ich einundzwanzig bin. Vorher bin ich nicht dazu berechtigt. Und wenn ich vorher sterbe, bekommt Charles Roshven, und ich kann nichts dagegen tun.«

»Hat er versucht, dich zum Verkauf zu zwingen?«

»Gleich nach Vaters Tod versuchte er die Anwälte zu überreden. Aber sie lehnten ab, als sie hörten, ich sei dagegen. Denn sie haben zwar die Vollmacht dazu, aber sie würden nie ohne meine Zustimmung verkaufen. Mr. Douglas ist ein alter Freund meines Vaters.«

»Aber . . .«

»Charles will Roshven haben, das heißt das Geld, das er dafür bekäme. Er weiß ganz genau, daß ich ihm nicht einen einzigen Quadratmeter vermachen werde, wenn ich erst einmal einundzwanzig bin. Er hat nur eine Chance, in den Besitz zu kommen: Ich muß vor meinem Geburtstag sterben.«

»Aber, Decima, dein Geburtstag ist Samstag, und jetzt haben wir schon Donnerstagabend!«

»Mein Geburtstag ist erst Sonntag. Die Party ist am Samstagabend, damit alle, wenn die Uhr Mitternacht schlägt, auf mich anstoßen können. Das war die Idee von Charles, nicht von mir.«

»Das heißt, ihm bleiben nur noch achtundvierzig Stunden.«

»Ja, und deshalb habe ich dich nach Roshven eingeladen. Ich konnte es nicht mehr allein ertragen. Ich kann ja keinem Menschen hier vertrauen.«

»Rohan auch nicht?«

»Charles' Vetter?« fragte Decima ironisch. »Nein, Rohan auch nicht.«

»Und den Careys?«

»Zu den Careys habe ich auch kein Vertrauen.«

»Warum nicht? Weil sie Freunde von Charles sind?«

»Weil sie ohne Grund schon viel länger hier sind, als mir lieb ist; weil sie unbedingt bis zu meiner Geburtstagsparty hierbleiben wollen; weil Charles sie gern hat und sie gebeten hat zu bleiben; weil . . . ach, da gibt's noch so manches . . .« Sie starrte ins Feuer, ihre Augen hatten einen harten Ausdruck. »Rebecca gehört zu den Frauen, die ich nicht ausstehen kann, und Daniel . . .« Sie brach ab.

»Daniel?«

»Daniel interessiert sich nur für seine Wissenschaft. Meinst du, er würde überhaupt zuhören, wenn ich ihm von meinem Verdacht erzählte? Nein! Er würde höflich lächeln und mich für eine Neurotikerin halten, mit der er seine Zeit nicht vergeuden will . . . Nein, Daniel kann ich nichts sagen.«

»Aber Decima, hat Charles dir den geringsten Anlaß gegeben, daß du . . .«

»Seit die Careys hier sind, hat er nicht mehr vom Verkauf gesprochen«, unterbrach sie Decima, »das allein ist schon merkwürdig genug. Und er ist so ungewöhnlich nett zu mir geworden. Er gibt sich schrecklich viel Mühe mit meiner Geburtstagsparty. Er will mir einen Halsschmuck aus Diamanten zum Geburtstag schenken, von dem ich gar nicht weiß, wie er ihn bezahlen will. Und er hat mich gebeten ...« Sie biß sich auf die Lippen. »Wir schlafen seit einem Jahr nicht mehr zusammen, seit kurzem schließe ich sogar meine Tür ab, wenn ich ins Bett gehe. Und jetzt bat Charles mich plötzlich, doch wieder wie früher in seinem Zimmer zu schlafen.«

»Aber ...«

»Und er hat Schulden«, sagte sie schnell, als wollte sie das Thema wechseln. »Ich habe in seinen Papieren nachgeschaut, als er einmal fischen war ... Wir haben nach unserer Heirat weit über unsere Verhältnisse gelebt. Wahrscheinlich hat er sich auf den Verkauf verlassen mit all seinen Rechnungen ... Er hat sich sogar Geld geliehen, um alte Schulden zu begleichen. Und da will er mir Diamanten kaufen, als wäre er ein reicher Mann. Übrigens streiten wir ständig über Geldangelegenheiten. Bevor die Careys kamen, haben wir fast täglich gestritten, und immer wieder drängte er mich zu verkaufen.«

»Warum sollen ihn die Careys von dem Thema abgebracht haben?«

»Ich weiß nicht, vielleicht hat er einen Plan, und die Careys spielen darin eine Rolle. Er wird sich überlegt haben, daß es nutzlos ist, mit mir zu streiten, und daß er sich etwas anderes ausdenken muß.«

»Hat du nie daran gedacht, von ihm wegzugehen? Du mußt doch während der letzten Tage eine furchtbare Angst ausgestanden haben.«

»Natürlich habe ich daran gedacht! Aber zwei Dinge haben mich davon abgehalten. Erstens habe ich noch keinen

Beweis, daß Charles mich wirklich umbringen will; es ist ja möglich, daß ich mich täusche ... Nicht in dem Punkt, daß er mich nur wegen des Geldes geheiratet hat und es gern in seine Hand bringen würde. Aber einen Beweis für Mordabsichten habe ich nicht. Wenn ich ihn jetzt verlasse, wo er gerade dabei ist, eine große Geburtstagsparty für mich zu organisieren und mich reich zu beschenken, wird kein Richter mein Scheidungsgesuch unterstützen. Charles würde außerdem nicht in die Scheidung einwilligen. Sein Stolz würde es schwer verkraften, wenn er, der große Erfolgsmensch, zugeben müßte, daß seine Ehe gescheitert und ihm seine Frau, mit der er so geprahlt hatte, davongelaufen ist. Er wird sich hüten, sein Ansehen zu beschmutzen, indem er mir einen Vorwand für eine Klage auf Ehebruch liefert. Meine einzige Hoffnung, zu einer Scheidung zu kommen, wäre der Beweis, daß er mich zur Flucht gezwungen hat. Aber wer weiß. Sollte er unschuldig sein, bessert sich vielleicht unser Verhältnis, wenn ich erst einmal einundzwanzig bin. Dann muß er die Hoffnung begraben, an mein Geld heranzukommen. Aber so, wie die Dinge jetzt stehen, ist das hoffnungslos optimistisch.«

»Ich ...«

»Der zweite Grund, hierzubleiben, ist weniger wichtig, aber auch zu bedenken. So komisch es ist, ich habe gar kein Geld und könnte schon deshalb nicht weggehen. Meine ganzen Einkünfte aus dem Pachtvertrag werden von den Anwälten zur Erhaltung des Hauses verwendet, ich bekomme nur ein lächerliches Taschengeld. Was übrig bleibt, kommt in einen Fond, an den ich erst darf, wenn ich einundzwanzig bin.«

»So kann sich Charles noch nicht einmal etwas leihen von dir?«

»Nein, er kriegt jetzt keinen Penny und wird nie einen kriegen, wenn ich nicht vor Samstag mitternacht sterbe.«

Rachel starrte sie an. »Aber Decima . . .« Sie versuchte, ihre Gedanken zu ordnen und ruhig zu bleiben. Aber der heulende Wind und das Trommeln des Windes unterhöhlten ihre Widerstandskraft und machten ihr bewußt, daß sie zehn Meilen von der nächsten Ortschaft entfernt war, eingeschlossen zwischen Bergen und dem stürmischen Meer. Die Gefahr in diesem stillen Haus kam ihr plötzlich entsetzlich drohend und lebendig vor. Das war keineswegs nur eine neurotische Vorstellung von Decima, das war die Wirklichkeit, in der auch sie lebte. »Was kann ich bloß tun?« flüsterte sie. »Sag mir, was ich für dich tun kann.«

»Bleib bei mir. Laß mich nicht allein mit Charles. Paß auf mich auf.«

»Ja . . . ja, natürlich. Am Sonntag ist die Gefahr ja vorüber, nicht? Nach deinem Geburtstag nützt ihm ja dein Tod nichts mehr.«

Decima antwortete nicht. Sie schaute auf ihre Uhr. »Ich muß hinunter. Sie wundern sich sonst, warum ich so lang wegbleibe. Ich werde sagen, daß ich auch müde bin und ins Bett gehe.«

»Willst du nicht bei mir schlafen? Einer von uns könnte auf der Couch schlafen. Aber . . . das würde vielleicht Verdacht erwecken, wenn es bemerkt wird.«

»Ja, das glaube ich auch. Charles darf nicht merken, daß ich Angst vor ihm habe.«

»Fand er es nicht schon verdächtig, daß du mich eingeladen hast, obwohl wir doch kaum noch Verbindung miteinander hatten?«

»Nein. Da du mit Rohan befreundet bist, fand er es sehr schlau von mir, auf diese Art für eine gerade Zahl bei Tisch zu sorgen . . . Vielleicht hoffte er auch, du würdest Rohan von mir ablenken.« Sie stand auf und glättete mit nervösen Händen ihr Kleid. »Charles ist überzeugt, daß Rohan und ich etwas miteinander haben«, sagte sie mit einem Lachen, das nicht sehr heiter klang. »Komisch, nicht? Rohan und ich! Jedenfalls wäre ich froh, wenn du Rohan ein bißchen beschäftigen könntest, damit Charles seine lächerliche Eifersucht aufgibt ... Jetzt muß ich gehen. Magst du nicht morgen früh mit mir frühstücken? So um halb zehn? Mrs. Willie, unsere Haushälterin, bringt mir das Frühstück immer aufs Zimmer. Ich danke dir fürs Zuhören, Raye, ich fühl' mich schon besser, endlich konnte ich einmal über meine Angst reden ... Bis morgen also, hoffentlich schläfst du gut. Hast du alles, was du brauchst?«

»Ja, danke! Gute Nacht, Decima – und mach dir nicht zu große Sorgen.«

Ein gequältes Lächeln war Decimas Antwort. Als sie die Tür öffnete, kam ein kalter Luftzug herein. Rachel hörte sie den Gang hinuntergehen. Sie war wieder allein. Sie warf noch ein Scheit in den Kamin. Funken stoben auf. Rachel sah noch eine Weile zu, wie die Scheite verglimmten. Dann begann sie sich langsam auszuziehen. Als sie endlich im Bett lag und die Decke fest um sich zog, grübelte sie noch immer darüber nach, welche Rolle wohl Daniel Carey in dem Plan spielte, den Charles sich angeblich ausgedacht hatte.

Als Rachel aufwachte, schien die Sonne durch die Vorhänge. Sie lief zum Fenster und sah hinaus: Eine leicht bewegte blauschwarze See, ein heller, wolkenloser Himmel, bis zum Horizont keine Spur vom Sturm der vergangenen Nacht. Der weiße Sand glänzte einladend in der frühen Morgensonne.

Es war erst acht Uhr. Sie hatte noch viel Zeit bis zum Frühstück mit Decima um halb zehn. Der Gedanke an Decima und ihre gestrige Unterhaltung ließ sie einige Augenblicke bewegungslos am Fenster stehen, bis ihr kalt wurde und sie noch einmal in ihr warmes Bett kroch.

Aber es gelang ihr nicht, wieder einzuschlafen. So stand sie auf, suchte ein paar Hosen und eine dicke Wolljacke heraus und zog sich an. Zehn Minuten später ging sie den Gang hinunter. An der Treppe blieb sie stehen und lauschte. Aber es war ganz still im Haus, alle schienen noch zu schlafen. Unten in der Halle hörte sie Geräusche, aber die kamen aus der Küche, wo die Haushälterin wohl schon am Werk war. Sie ging in die andere Richtung, öffnete die Haustür und trat hinaus in die kühle Morgenluft.

Jetzt im Sonnenschein sah die Landschaft ganz anders aus. Sie ging hinunter zur Anlegestelle. Die Berge über dem Haus schimmerten grün und purpurn. Sie erkannte jetzt auch, da keine Regenwolken mehr die Sicht nahmen, den dunklen Strich des Waldes jenseits der Moore. Auf dem Steg blieb sie stehen. Links von ihr erstreckte sich der Strand an schwarzen Felsen entlang gegen Süden, rechts ragte der felsige Arm einer Halbinsel ins Meer.

Rachel wandte sich nach Süden.

Die Brise war kühl, aber nicht mehr feuchtkalt wie gestern. Die fahle Morgensonne wärmte schon. Möwen schossen über der tosenden Brandung hin und her und stiegen hoch auf über die schwarzen Klippen. Der Wind trug ihre schrillen Schreie weiter, die Felswände warfen sie als Echo zurück.

Rachel fühlte sich plötzlich sehr einsam. Sie schaute zurück zum Haus, aber Roshven war verschwunden, verdeckt durch eine vorstehende Klippe. Sie zögerte, aber dann fand sie sich selbst lächerlich und ging weiter.

Die Klippen waren hier größer, wie riesige zernarbte Mauern aus Granit standen sie eingerammt im Sand. Dann sah sie Höhlen, manche so groß wie Kirchenhallen, andere kaum so hoch, daß man aufrecht darin stehen konnte. Rachel wagte sich näher heran und entdeckte zwischen den Felsen lauter tiefe Wasserlöcher, die die Flut hinterlassen hatte; ein ganzes Sortiment von Meerestieren hatte sich da angesammelt.

Sie wollte sich gerade bücken, um eine besonders große Muschel zu betrachten, als sie plötzlich das Gefühl hatte, beobachtet zu werden. Sie drehte sich abrupt um, aber da war nichts als das Tosen der Brandung und das Kreischen der Möwen. Ihr Herz klopfte heftig, und ihre Füße wollten ihr kaum gehorchen, als sie sich von den Klippen abwandte, aber in der Nähe der Brandung und weg von den klaffenden Höhlen in ihrem Rücken fühlte sie sich besser. Sie ging weiter und kam bald um eine felsige Halbinsel herum, wo sie wieder einen ausgedehnten weißen Strand vor sich hatte, unberührt und unbeschreiblich schön. Mit schnellen Schritten ging sie darauf zu. Sie hatte ihre unverständliche Nervosität von eben völlig vergessen und fühlte sich ganz unbeschwert.

Da hörte sie plötzlich lautes Rufen hinter sich. Ein dunkelkehliges Gebell wurde von den Felswänden als Echo zurückgeworfen, und als sie sich voller Schrecken umwandte, sah sie den großen Bernhardiner auf sie zustürmen, mit offenem Maul, die Zähne gebleckt.

Wie die meisten Menschen, die keine Hunde, und schon gar nicht so große, gewöhnt sind, konnte sich Rachel vor Schreck nicht bewegen. Erst als der Hund sie erreicht hatte, trat sie automatisch einen Schritt zurück, spürte, wie ihre Fersen einsanken und wußte augenblicklich, daß sie in den Schwemmsand von Cluny geraten war.

Sie bewegte sich nicht, starr vor Schrecken, und auch der Hund blieb stehen. Er bellte sie aber immer noch warnend an. Dann kam er vorsichtig ganz an sie heran, sein Schwanz schwang hin und her, und er nahm das umgeschlagene Ende ihres Ärmels zwischen die Zähne, um sie auf sicheren Boden zurückzuführen. Rachel befreite mit einiger Mühe ihre Schuhe aus dem wegrutschenden Sand und folgte dem

Hund. Der Hund ließ ihren Ärmel los und schaute sie mit traurigen Augen an, als könne er nicht begreifen, wie jemand so dumm und unvorsichtig sein konnte.

Sie streichelte gerade seinen großen Kopf, als sie Daniel sah. Er stand im Eingang einer der Höhlen und kam jetzt zu ihr herüber. Er ging langsam, die Hände in den Taschen seiner alten Hose vergraben. Als er nahe bei ihr war, sah sie, daß er nicht lächelte, sondern sehr ernst aussah.

»Hat niemand Sie vor dem Schwemmsand gewarnt?«

»Doch, ja« – sie stolperte über ihre eigenen Worte wie einst in der Schule. »Ja, Rohan hat mir davon erzählt. Aber ich . . . ich habe nicht daran gedacht . . . ich hab's vergessen . . .«

Er pfiff dem Hund. »Hierher, George.«

Der Bernhardiner trottete gehorsam zu ihm hin und setzte sich mit wedelndem Schwanz auf den Sand.

»Warum haben Sie nicht früher gerufen?« hörte sich Rachel fragen. »Warum ließen Sie mich bis zum Rand gehen, bevor Sie mir den Hund nachschickten?«

»Ich dachte, Sie wissen von dem Schwemmsand und würden stehenbleiben. Im übrigen ist jetzt Ebbe, da ist es nicht so gefährlich wie bei Flut.« Seine Augen blickten sie fast gleichgültig an, und etwas an diesen Augen versetzte Rachel zurück in die Hilflosigkeit jugendlicher Verwirrungen, in eine Welt, aus der sie doch längst herausgewachsen war.

Sie wandte den Blick ab und sah aufs Meer. »Ich finde trotzdem, Sie hätten früher rufen sollen«, meinte sie.

Plötzlich war er verändert. Er lächelte, seine Stimme war voller Wärme.

»Ich bitte um Verzeihung«, sagte er. »Es war dumm von mir, ich sehe es ein. Sie müssen einen schönen Schreck bekommen haben. Ich bringe Sie jetzt nach Hause und braue Ihnen einen Kaffee als Wiedergutmachung.«

Rachel warf ihm einen schnellen Blick zu, senkte ihn aber sogleich, bevor sie zu lächeln begann und leise sagte: »Danke, mir geht es ganz gut.«

»Aber meinen Kaffee trinken Sie doch trotzdem, hoffe ich.«

»Ich . . . ich habe Decima versprochen, mit ihr zu frühstücken.«

»Decima frühstückt doch nicht vor halb zehn«, sagte Daniel, »und bis dahin ist noch lang Zeit. Aber wie Sie wollen.« Er hob einen Kiesel auf und schleuderte ihn ins Wasser. »Wie finden Sie übrigens Decima? Hat sie sich verändert?«

»Nein, sie hat sich nicht verändert. Aber ich habe sie kaum gesehen, seit ich hier bin.«

»Sie kennen sie auch nur sehr flüchtig, oder?«

Rachel warf ihm einen überraschten Blick zu. »Eigentlich kenne ich sie recht gut! Wir waren sechs Monate zusammen auf einer Schule in Genf und die dicksten Freundinnen.«

»Wirklich?« fragte Daniel. »Das hätte ich nicht gedacht.«

»Wieso nicht?« konnte sie sich nicht zurückhalten zu fragen.

»Weil Sie so verschieden sind.«

»Mich kennen Sie doch kaum«, sagte sie, »und Decima kennen Sie erst seit sechs Wochen, habe ich mir sagen lassen.«

»Ich sehe, ich habe mich schlecht ausgedrückt«, meinte er. »Sagen wir so: Ich habe genug von Decima gesehen, um mir von ihr eine Meinung bilden zu können. Und mir genügen fünf Minuten mit Ihnen, um sicher zu sein, daß Sie zu einer ganz anderen Kategorie Menschen gehören.«

»Und welche Kategorie wäre das? Oder sollte ich besser nicht fragen?«

»Besser nicht. Denn Sie würden sich vielleicht verpflichtet fühlen, es Ihrer guten Freundin Decima zu erzählen.«

»Da Sie das nicht für empfehlenswert halten«, meinte Rachel, »nehme ich an, daß Sie keine sehr gute Meinung von ihr haben.«

»Das will ich nicht sagen. Decima ist sehr schön und sehr charmant und eine vorzügliche Gastgeberin. Ich glaube, darüber sind wir uns alle einig.«

»Ja . . . Sie muß in Oxford ziemliches Aufsehen erregt haben nach ihrer Heirat.«

»Ja, sicher. Ich hatte Oxford gerade verlassen, so daß ich sie dort nie gesehen habe, obwohl ich mit Charles immer in Verbindung blieb.« Er schaute dem Bernhardiner zu, der im Wasser herumplanschte. »Kannten Sie Charles, bevor er Decima heiratete?«

»Ja, durch Rohan, als wir, Rohan und ich, noch sehr jung waren. Aber ich habe ihn nicht oft gesehen. Er kam nur selten zu Rohans Familie.«

»Charles ist ein außergewöhnlicher Mensch«, sagte Daniel. Er beobachtete immer noch den Hund. »Der begabteste Wissenschaftler, den ich kenne.«

Rachel schwieg.

»Komisch, nicht«, meinte Daniel, »daß ein so kluger Mann so dumm sein kann. Wie konnte er nur Decima heiraten. Ich verstehe nicht, daß er damals nicht gemerkt hat, wie schlecht sie zusammenpassen. Das muß doch deutlich genug gewesen sein.«

Rachel zögerte. »Bereut er es?« fragte sie dann.

»Hat Decima Ihnen nicht erzählt, daß ihre Ehe nur noch auf dem Papier besteht?«

»Ja, aber . . .«

»Das ist der Hauptgrund, warum meine Schwester und ich so lang hiergeblieben sind. Die Mannerings haben uns mehrmals gebeten, doch zu bleiben! Sie hatten beide so genug voneinander, daß sie uns mit offenen Armen aufnahmen. Hat Decima Ihnen nichts davon gesagt? Tut mir leid, wenn ich zuviel erzählt habe, aber ich dachte, Sie wüßten Bescheid.«

Erst jetzt merkte sie, daß er herausbekommen wollte, wieviel sie wußte und warum sie nach Roshven gekommen war.

»Wir hatten noch so wenig Zeit«, antwortete sie. Sie war verwirrt. »Decima hat kaum von Ihnen gesprochen.«

»Sollen wir uns ein bißchen hinsetzen?« Er zeigte auf eine flache Felsplatte bei den Klippen. »Wissen Sie, Rebecca und ich waren diesen Sommer in Edinburgh. Rebecca hat gerade ihre Lehramtsprüfung bestanden und will sich noch einen längeren Urlaub gönnen, bevor sie die erste Stelle antritt. Und da Charles in seinen Briefen so viel von Roshven geschwärmt hat, wollte ich ihn schon lange dort einmal besuchen. Ich habe ihm geschrieben, daß wir nach den Festspielen ins Hochland und an die Westküste fahren wollten, und er hat uns postwendend nach Roshven eingeladen.

Ich war hingerissen, als ich Roshven das erste Mal sah. Wahrscheinlich träumt jeder zivilisierte Mensch von Zeit zu Zeit davon, sich von seinem verstädterten Leben ganz zu befreien, aber meistens kommt er nicht einmal auf tausend Meilen an einen solchen Platz heran. Und da stand ich plötzlich am Ort meiner Träume.« Er beugte sich vor, um dem Hund zu seinen Füßen mit dem Finger sanft über den Rücken zu streichen. Der Seewind zauste in seinem dunklen Haar.

»Aber irgend etwas passiert hier mit den Leuten«, meinte er nach einer Weile. »Irgend etwas passiert mit ihnen hier zwischen den Bergen und dem Meer, wo sie, von der Umwelt abgeschnitten, mehr als anderswo aufeinander angewiesen sind. Man wird in einen bösen Strudel hineingezogen, jeder reizt jeden, man kennt einander so gut, daß es schon unangenehm ist.

Rebecca und ich hätten schon längst wieder abreisen sollen. Aber wir sind geblieben. Decima hat uns gebeten, bis zu ihrem Geburtstag zu bleiben, und . . . nun ja, Charles bat uns auch zu bleiben, da haben wir schließlich nachgegeben.«

Sie schwiegen beide, bis Rachel endlich langsam sagte: »Ich verstehe nicht ganz, was Sie damit meinten, daß man hier in einen Strudel hineingezogen wird. Wie auch immer, durch Rohans und jetzt durch mein Dazukommen wird sich wohl die Spannung etwas lockern.«

»Es wäre besser, Quist hätte sich hier nie blicken lassen«, sagte Daniel abrupt. »Und Sie . . . Ich kann Ihnen nur raten, so schnell wie möglich abzureisen. Hier gehen Dinge vor, die ich Ihnen nicht erklären kann. Reisen Sie ab, bevor auch Sie in den Strudel geraten und nicht mehr herauskommen.«

Die Brandung sprühte ihnen Salzwasser ins Gesicht. Die Flut kroch näher zu ihnen hinauf, und auch von Süden her, wo Cluny lag, hörte sie das Tosen der Gegenströmung.

»Ich verstehe Sie nicht«, sagte sie hölzern. »Was meinten Sie?«

Da hörten sie eine rufende Stimme. Als sie sich beide umdrehten, sahen sie Rebecca kommen. Sie hob grüßend die Hand.

»Sagen Sie bloß nichts zu Charles oder Decima oder Quist. Ich habe mit Ihnen gesprochen, nur mit Ihnen.«

»Das ist doch selbstverständlich«, erwiderte sie scharf. Sie ärgerte sich, daß er es für nötig hielt, sie zu warnen. Dann merkte sie erst, daß sie einen ganz trockenen Mund und steife Glieder hatte.

Rebecca war schon in Hörweite.

»Der schönste Morgen, den wir seit langem hatten!« rief

sie ihnen entgegen. »Sie haben Schönwetter mitgebracht, Rachel.« Der Wind blies ihr das kurze Haar in die Augen, sie strich es ungeduldig zurück. Sie trug einen Tweedrock und eine olivgrüne Wolljacke. Die einfache Kleidung paßte sehr gut zu ihrem strengen Gesicht und den dunklen Augen. Ein gutgeschnittenes Gesicht, fand Rachel, aber es hatte einen aggressiven Zug. Rebecca war wohl von klein auf gewohnt, sich das zu nehmen, was ihr gefiel, notfalls auch mit Gewalt, da ihr nichts in den Schoß fiel. Rachel hatte in der Schule und auch später die verschiedensten Mädchen kennengelernt und war sich bei der Beurteilung von Rebecca ziemlich sicher. Rebecca war die, die in der Klasse ganz vorne sitzt und immer alles weiß, ein Mädchen, deren Zunge genauso scharf wie ihr Verstand ist und die sich genauso schnell Feinde macht, wie sie immer wieder versuchen wird, neue Freundschaften zu schließen. Eigentlich war sie arm, trotz ihres so militant vorgezeigten Selbstbewußtseins.

Rachel glich ihre Abneigungen meistens durch Mitleid wieder aus.

»Sie sind früh aufgestanden«, sagte sie freundlich zu Rebecca. »Machen Sie immer einen Spaziergang vor dem Frühstück?«

»Jedenfalls liege ich nicht bis zehn mit einem Frühstückstablett im Bett herum, wenn Sie das meinen. Danny, Charles will heute früh nach Kyle of Lochalsh fahren. Er braucht noch einiges für die Party morgen. Wolltest du nicht ein Geschenk für Decima kaufen?«

»Ja, natürlich.« Er wandte sich an Rachel. »Haben Sie schon etwas für Decima?«

»Ja, ich habe eine Kleinigkeit in London gekauft.«

»Wollen Sie nicht mit uns in die Stadt fahren und mir helfen, etwas für Decima auszusuchen? Sie haben sich mit dem Problem schon beschäftigt, und ich habe keine Ahnung, was ich ihr kaufen soll.«

»Es wird wohl nicht so schwierig sein, etwas zu finden«, sagte Rebecca scharf, bevor Rachel noch antworten konnte. »Und ich nehme an, Rachel will heute nicht schon wieder nach Kyle of Lochalsh fahren.«

»Ich . . . ich bin sicher, Rebecca kann Sie genausogut beraten wie ich, Daniel.«

»Wie Sie meinen.« Er wandte sich abrupt ab und ging mit langen Schritten über den Strand in Richtung Roshven. Der Hund trabte hinter ihm her.«

»Vielleicht finden Sie in der Stadt einen schönen keltischen Schmuck«, hörte Rachel sich sagen, um die peinliche Situation zu retten.

»Genau daran habe ich auch gedacht«, sagte Rebecca lebhaft. »Ich verstehe nicht, daß er Sie darum bittet mitzufahren, wo er doch wissen muß, daß Sie heute müde sind und sicher nicht viel unternehmen wollen. Wie fühlen Sie sich übrigens? Sie sehen tatsächlich müde aus.«

»Ich . . .«

»Da Sie so früh aufgestanden sind, nehme ich an, Sie haben schlecht geschlafen?«

»Ja, ich . . .«

»An jeden fremden Ort muß man sich erst gewöhnen, nicht wahr? Und Roshven muß einem, wenn man aus London kommt, schon sehr merkwürdig vorkommen . . . Sagen Sie, wo haben Sie Daniel heute früh aufgetrieben? Ich habe ihn überall gesucht.«

Rachel wunderte sich einen kurzen Augenblick lang, warum sie es so unangenehm fand, wenn Leute ihre Fragen mit »Sagen Sie . . .« begannen. »Ich traf ihn hier am Strand«, antwortete sie kurzangebunden. Sie fühlte sich immer unbehaglicher. Dabei ließ sie sich sehr selten durch anderer Leute Benehmen aus der Fassung bringen. Aber Rebecca übte eine höchst unglückliche Wirkung auf sie aus.

»Aber warum gingen Sie so weit nach Süden? Cluny . . .«

»Ich weiß«, sagte Rachel höflich. »Ich habe davon gehört.«

»Ja? Dann ist es gut ... Cluny erinnet mich an diesen Roman von Walter Scott, welcher war es doch, wo der Held im Schwemmsand versank? Ich glaube ›Bride of Lammermoor‹, nicht? Oder ›Redgauntlet‹? Jedenfalls spielt es an der Küste des Firth of Forth.«

»Ja, das stimmt«, sagte Rachel, die keinen dieser Romane gelesen hatte.

»Ah, Sie kennen Scott? Charles hat eine Gesamtausgabe. Er hat überhaupt eine herrliche Bibliothek! Und es ist so traurig, daß Decima nur diese gräßlichen Frauenzeitschriften liest ... Sie muß eine sehr oberflächliche Erziehung gehabt haben.«

»Decima selbst hält sie für ausreichend.«

»Wirklich? Dann kann sie aber nicht sehr intelligent sein, oder? Außerdem geht es ihr auch sehr schlecht, meiner Überzeugung nach.«

Die kühl dahinplätschernde Unterhaltung erstarrte plötzlich im Eis der versteckten Anspielung.

»Wie meinen Sie das?« fragte Rachel scharf. »Decima geht es so gut wie Ihnen oder mir!«

»Sie haben Decima nicht erlebt in den letzten Wochen, ich schon. Sie hat sich wirklich sehr seltsam benommen, deshalb haben wir sie ja alle ermuntert, Sie einzuladen. Besonders Charles dachte, Sie könnten einen beruhigenden Einfluß auf sie ausüben ... Sie ist auf dem besten Weg ... nun ja, neurotisch zu werden, obwohl ich dieses verfängliche Wort nicht sehr schätze. Jedenfalls hat sie dem armen Charles das Leben schwer gemacht.«

»Ich verstehe nicht ...«

»Wissen Sie, ich rede so offen mit Ihnen, weil ich finde, Sie sollen wissen, wie es um Decima steht. Sie werden dann so mit ihr umgehen, wie Sie es für richtig halten. Ah, da ist

Roshven! Wie schnell Daniel gegangen ist! Er ist schon bei der Anlegestelle. Und da steht Rohan im Hauseingang ... Sehen Sie, er winkt Ihnen zu. Ein komischer Mensch, so anders irgendwie. Sagen Sie, seine Eltern sind keine Engländer, oder?«

»Sein Vater ist Schwede. Aber was Decima angeht ...«

»Schwede? Ach, deshalb ... Ja, es ist traurig mit Decima. Ich habe mich so bemüht, mit ihr gut auszukommen, aber sie gibt sich nicht die geringste Mühe. Ja, sie behandelt uns geradezu feindselig, was sehr unangenehm für Charles ist. Es gab immerzu Ärger deswegen.«

»Dann wundert es mich aber, daß Sie so lang geblieben sind«, sagte Rachel. »Wenn Sie sich so schlecht mit Ihrer Gastgeberin verstehen.«

»Aber meine Liebe, ihr Benehmen war ja völlig grundlos. Charles hat mir anvertraut, daß Decima unter einer Art Verfolgungswahn leidet. Sobald sie wieder in Oxford sind, will er sie zu einem Arzt bringen, verstehen Sie? Ihr Verhalten ist nicht normal, das ist sicher richtig. Sie will sich am liebsten hier im hintersten Winkel vor der Welt verkriechen. Und sie will auch nicht mehr nach Oxford zurück. Stellen Sie sich das vor! Nicht mehr nach Oxford zurück zu wollen! Sie hat einfach Angst, mit Menschen zusammenzutreffen. Ein nervöser Angstzustand, würde ich sagen.«

»Mir kommt Decima ganz normal vor«, sagte Rachel, »und ich bin auch anderer Meinung als Sie, was ihre Intelligenz angeht. Decima war sehr gut in der Schule. Und wenn sie auch nicht intellektuell ist, so heißt das noch lange nicht, daß sie nicht intelligent ist.«

»Wenn Sie länger hierbleiben«, sagte Rebecca, als hätte sie die letzten Worte von Rachel nicht gehört, »dann wird Ihnen der Zustand Ihrer Freundin Decima bald nicht mehr normal vorkommen.«

Es gab eine kleine, peinliche Pause. Dann sagte Rebecca: »Rohan scheint Ihnen etwas sagen zu wollen.«

Sie sahen Rohan zum Strand herunterkommen und ihnen zuwinken. »Entschuldigen Sie mich? Ich möchte Daniel fragen, wann er nach Kyle of Lochalsh fährt.« Und sie ging rasch über den Strand auf die Anlegestelle zu.

Daniel war schon im Boot. Rachel sah, wie er von unten auf Deck kam und am Steuerhaus wartete, als er seine Schwester sah. Er kam ihr sehr weit weg und winzig vor in der Grenzenlosigkeit von Himmel und Wasser.

»Ach, *da* bist du!« rief Rohan, als hätte er sie nicht schon seit mindestens fünf Minuten beobachtet. »Was ist denn mit dir los, daß du so früh aufstehst?« Er war noch ziemlich weit weg, aber rief so laut, daß sie jedes Wort verstehen konnte. »Und warum triffst du dich heimlich mit Daniel?« fragte er, als er näher herangekommen war. »Ich habe gesehen, wie er hinter dir aus dem Haus kam und dir nachging! Rebecca machte ein ganz beleidigtes Gesicht, als sie etwas später feststellen mußte, daß ihr geliebter Bruder ohne sie davonspaziert war. Sonst machen sie nämlich immer einen gemeinsamen Morgenspaziergang. »Was hat Carey denn zu dir gesagt?«

»Ach, nichts«, sagte Rachel automatisch, während ihre Gedanken noch bei dem Gespräch mit Rebecca waren. Als sie an Daniel dachte, sagte sie ein bißchen zu nachdrücklich: »Wirklich, gar nichts.«

»Soso!« meinte Rohan. »Mein liebes Mädchen, sag mir jetzt nur nicht, daß du Carey unwiderstehlich findest. Sag nur nicht . . .«

»Ich sag ja gar nichts. Es stimmt nämlich nicht! Hör auf, Rohan. Es ist noch zu früh am Morgen für solchen Unsinn . . . Du, ich möchte mit dir reden. Können wir uns nicht einen Augenblick hier niedersetzen, bevor wir reingehen?«

»Aber natürlich«, sagte Rohan liebenswürdig und ließ sich auf einem Felsen nieder. »Was ist los? Hat Carey dir . . .«

»Denk jetzt mal nicht an Carey, ja? Ich möchte über Rebecca reden.«

»Muß das sein? Na, bitte! Na, bitte! Aber mach nicht so ein Gesicht! Es war nur Spaß! Also, was ist mit Rebecca?«

»Rebecca hat mir eben so unglaubliche Sachen erzählt, daß ich sprachlos bin.«

»Nämlich?«

»Daß . . . daß Decima an Verfolgungswahn leidet . . .«

»O Gott!«

». . . und nicht ganz normal ist.«

»Was hast du darauf gesagt?«

»Na, was werde ich gesagt haben! Daß *sie* einen Psychiater braucht und nicht Decima.«

»Das hast du sicher nicht gesagt.«

»Nein, du hast recht. Ich habe nur gesagt, daß Decima meiner Ansicht nach genauso gesund ist wie wir.«

»Hm.«

»Ja, ist sie es etwa nicht? Rohan, sag doch was! Warum behauptet Rebecca so etwas? Was war hier los, bevor ich kam?«

Rohan antwortete nicht. Die gute Laune verschwand aus seinem Gesicht, er sah plötzlich ernst aus. »Es gibt mehrere Gründe dafür, daß Rebecca so etwas sagt«, meinte er schließlich. »Erstens kann Decima Rebecca nicht ausstehen und gibt das jedem offen zu verstehen. Zweitens kann Rebecca Decima nicht leiden, unter anderem wohl, weil sie jede Frau verachtet, die weniger intellektuell ist als sie selbst. Und drittens hat sich Decima wirklich sehr sonderbar benommen.«

»Mir kam sie aber ganz normal vor.«

»Ja, natürlich«, sagte Rohan. »Es ist ihr gestern ausgezeichnet gelungen, eine normale Atmosphäre vorzutäuschen.«

»Wie soll ich das verstehen?« fragte Rachel nach einer kleinen Weile.

»Daß es hier in Wirklichkeit ganz und gar nicht normal zugeht, Rachel. Und das liegt an Decima. Ich würde dir das nicht sagen, wenn wir beide nicht schon so lange befreundet wären. Ich weiß, Ihr wart einmal sehr gute Freundinnen, und vielleicht denkst du, ihr seid es immer noch, aber glaube mir, Rachel, Decima sollte die letzte sein, die du dir als Freundin aussuchst.«

»Ich dachte, du magst Decima gern! Als du sie kennenlerntest ...«

»Da kannte ich sie noch nicht, so wie du sie jetzt nicht kennst. Es ist schlimm mit ihr, Rachel. Sie macht Charles das Leben zur Hölle. Und er ist manchmal am Ende seiner Weisheit mit ihr. Soundso oft habe ich ihm schon geraten, sich von ihr scheiden zu lassen, aber sie sind ja noch keine drei Jahre verheiratet, da ist es nicht so einfach, eine Scheidung durchzusetzen. Außerdem ist er gegen eine Scheidung vom gesellschaftlichen Standpunkt aus. Heutzutage ist eine Scheidung zwar nichts Besonderes mehr. Aber in den Kreisen, in denen er zu Hause ist, herrschen noch strenge Moralbegriffe. Eine Scheidung würde ihm sicher schaden. Trotzdem wird es wohl dazu kommen. Denn ich glaube nicht, daß sie mit ihm nach Oxford zurückkehrt, wenn das Semester beginnt. Und damit wäre ihre Trennung publik.«

»Und Decimas Geld? Wird ihm das nicht fehlen, wenn sie sich scheiden lassen?«

»Charles hat genug Geld. Darum braucht er sich keine Sorgen machen.«

»Niemand hat genug Geld«, sagte Rachel ironisch. »Wieviel man auch hat, man hat nie genug.«

»Aber Charles hat Decima nicht ihres Geldes wegen geheiratet, Rachel! Sondern wegen ihrer Schönheit, ihrem Charakter, ihrem Sexappeal, nenn es, wie du willst. Jedenfalls war er verliebt bis über beide Ohren. Du hast ihn wohl nie gesehen während seiner Verlobungszeit. Ein Mann, der es nur auf ein Bankkonto abgesehen hat, geht nicht wie ein Mondsüchtiger herum und kann weder essen noch schlafen.«

»Aber wann kam dann die Desillusionierung? Als er merkte, daß sie Roshven nicht verkaufen wollte?«

»Hat sie das gesagt? Hat sie dir nichts über ihre Ehe erzählt?«

»Ja. Daß sie unglücklich ist.«

»*Sie* ist unglücklich! Du lieber Himmel! Und Charles? Ich weiß nicht, warum sie ihn geheiratet hat, aber sicher nicht aus Liebe. Vielleicht weil er älter war und ein bekannter Mann. Vielleicht fand sie ihn charmant und stellte sich die Ehe mit ihm amüsant vor. Aber geliebt hat sie ihn nicht. Sie mag schön und exotisch und verführerisch sein, aber sie ist so kalt wie die Nordsee und so steril wie die kahlen Berge hier. Jede Art von physischer Intimität ist ihr verhaßt. Wer von ihnen bestand auf getrennten Schlafzimmern? Was glaubst du? Sicher nicht Charles! Charles ist ein Mann wie jeder andere, wenn es um Sex geht. Er würde sogar gern Kinder haben, glaube ich. Aber interessiert sich Decima vielleicht für Kinder? Natürlich nicht! Sie interessiert sich nur für sich selbst. Charles war für sie etwas Neues, aber dann war er ihr bald langweilig. Bei gesellschaftlichen Anlässen gähnte sie, brachte ihn durch Extravaganzen in Verlegenheit und demütigte ihn durch ihre Verachtung aller Dinge, die ihm etwas bedeuteten. Sie flirtete sogar mit Studenten, nur um ihn zu ärgern. Und schließlich flirtete sie mit jedem. Decima fliegt auf Männer, die sie bewundern.«

Beide schwiegen. Dann sagte Rachel langsam:

»Jedes Ding hat zwei Seiten, also überrascht es mich nicht weiter, daß auch die Ehe von Charles und Decima zwei Seiten hat, wenn man euch so hört. Aber die Diskrepanz ist so groß, daß eine Partei offensichtlich lügt. Wenn ich Decima höre . . .«

»Was sagt Decima? Du hast ja schon mit ihr gesprochen, nicht?«

»Ja, gestern nach dem Abendessen. Sie deutete an, daß sie unglücklich sei. Charles hätte sie nur wegen ihres Geldes geheiratet. Sie sagte, *er* benähme sich sonderbar und . . .«

»Charles? Das ist doch Unsinn!«

»Ja? Meinst du? Sie sagte dann noch, sie sei froh, daß ich da sei, denn ich würde dich hoffentlich von ihr ablenken. Charles glaubt nämlich, ihr beide habt etwas miteinander.«

Rohan wurde blaß. »Decima und ich . . . aber das ist ja lächerlich! Blödsinnig! Absurd!« Er starrte sie mit seinen großen, grauen Augen entsetzt an. Und ihr schien, als hätte er eine lachende Maske abgelegt und zeigte ihr zum ersten Mal in Roshven sein wahres Gesicht. So war also auch Rohan in den bösen Strudel geraten. Daniels Warnung kam ihr wieder in den Sinn, aber bevor sie sprechen konnte, sagte Rohan mit gepreßter Stimme, die sie gar nicht an ihm kannte: »Decima hat dich angelogen. Warum soll Charles mich verdächtigen, etwas mit ihr zu haben, wenn sie sich doch offensichtlich nur für Daniel Carey interessiert?«

4. Kapitel

Daniel beobachtete Rohan und Rachel vom Steuerhaus des Bootes aus. Jetzt saßen sie schon zehn Minuten zusammen auf dem Felsen. Sie mußten sich viel zu sagen haben.

»Ich mag dieses Mädchen nicht«, sagte Rebecca neben ihm.

»Das merke ich.« Er zündete sich eine Zigarette an, und einen Augenblick lang funkelte der Widerschein der Flamme in seinen Augen. Er dachte über Quist nach. Er fragte sich, welches Spiel der Mann spielte und was er wohl Rachel Lord alles erzählte dort am Strand, keine hundert Meter von ihm entfernt.

»Warum um Himmels willen hast du sie eigentlich gebeten, dir beim Geschenkaussuchen zu helfen?«

»Warum nicht?« fragte er plötzlich verärgert. Wenn sie doch ins Haus ginge und ihn hier allein ließe! »Ich mag sie eben.«

»Sie ist doch gar nicht dein Typ.«

»Dann habe ich wohl genug von meinem Typ.« Er ging an Deck, aber sie folgte ihm. Als sie Kinder waren, dachte er, war Rebecca ihm auch überallhin vertrauensvoll nachgetrippelt. Aber eigentlich, fand er plötzlich, war er es jetzt leid, daß sie ihn ständig wie ein Schatten aus der Kindheit begleitete.

»Ich gehe ins Haus«, sagte er kurzangebunden.

»Ich komme mit.«

Sie gingen schweigend nebeneinander her. In der Halle sagte er kühl über die Schulter: »Ich rufe dich, wenn wir fahren«, und stieg schnell die Treppe hinauf in sein Zimmer. Oben warf er aufatmend die Türe zu. Er merkte nicht gleich, daß jemand im Sessel am Kamin auf ihn wartete.

»Danny . . .«

Er drehte sich schnell um. Sie stand auf, anmutig und damenhaft wie immer. Die Falten ihres blaßblauen Morgenmantels schwangen noch einen Augenblick nach. »Danny, ich mußte dich sehen . . .«

»Wir haben uns nichts zu sagen.«

Aber sie war nicht so demütig wie Rebecca und nicht so schnell bereit, seine Ablehnung zu akzeptieren. »Daniel, ich habe es mir anders überlegt . . .«

»Zu spät, Decima. Tut mir leid.« Sie war nähergekommen und machte noch einen wohlüberlegten Schritt, so daß er bemerken konnte, wie aufreizend dünn ihr Morgenmantel aus Spitzen war. »Bitte, Danny«, sagte sie, und ihre blauen Augen bekamen einen feuchten Schimmer. »Bitte . . .« Sehr gerissen, dachte er. Auf ihre Art war sie eine Künstlerin. Und sehr zu seinem Ärger spürte er seinen Puls schneller schlagen, als er sie einen Augenblick zu lang anschaute. Er wollte sich abwenden, aber sie legte ihre Hand auf seinen Arm und hielt ihn fest. »Ich habe dich schlecht behandelt, ich weiß, Danny. Das war sehr dumm von mir. Aber ich hatte solche Angst . . .« Sie suchte in seinem Gesicht nach einem Anzeichen beginnender Kapitulation.

»Du hattest gar keine Angst«, hörte er sich sagen. »Du warst nur geschmeichelt und amüsiert. Geschmeichelt, weil jede Frau gern so beachtet wird, wie ich dich beachtet habe, amüsiert, weil ich für dich eine Abwechslung im Einerlei von Roshven bedeutete und weil du viel zu kalt bist, um etwas anderes als Amüsement zu empfinden.«

»Das ist nicht wahr!« brauste sie auf, so leidenschaftlich und zornig, als wollte sie zeigen, zu welchen Gefühlen sie fähig war. »Eben weil ich nein sagte, ist es nicht wahr. Eben weil ich mir erlaubte, loyal zu Charles zu sein, eben weil ich einen Augenblick lang Angst hatte . . .«

»Das stimmt doch alles nicht, Decima. Du kannst dich

noch so sehr bemühen, mir die Rolle der loyalen Ehefrau vorzuspielen, die dauernden Versuchungen ausgesetzt ist, mich überzeugst du damit nicht. Du hast nein gesagt, weil du keine Lust hattest. Ich habe auch keine Lust mehr.«

»Aber ich will doch! Ich tu, was du willst, Danny, ich schwör's!«

»Du hast mich nicht verstanden«, sagte er kalt, während er spürte, daß ihm der Schweiß ausbrach. »Du machst es komplizierter, als es ist. Es war doch so: Ich sah dich und wollte mit dir schlafen, wie mit jeder attraktiven Frau. Aber nachdem du nur mit mir gespielt hast und mich erfolgreich auf Armeslänge hieltest und ich sah, wie du dich amüsiert hast, während ich immer frustrierter wurde, da dämmerte mir, daß du niemals so weit gehen würdest, ja zu sagen, und wenn du es tätest, du im Endeffekt womöglich gar nichts zu bieten hättest. Kalte Frauen interessieren mich nicht. Ich kann dir nur raten, das nächstemal deine Trümpfe besser auszuspielen, wenn du willst, daß der Spaß länger dauert.«

Sie war blaß geworden. Er dachte plötzlich, daß er ihr möglicherweise unrecht tat und daß sie ihm jetzt nichts vorspielte.

Im nächsten Augenblick war sie in seinen Armen, und er spürte ihren Mund. Dieser Mund war alles andere als kalt.

»Bring mich weg von Charles«, sagte sie endlich.

Er sah sie an. Ihre Bitte kam ihm gar nicht unsinnig vor, sondern ganz logisch, ganz natürlich. Da klopfte es an die Tür. Sie fuhren auseinander.

»Daniel?« fragte Charles. »Kann ich reinkommen?«

Es dauerte einige Sekunden, bevor Daniel antwortete. Charles wunderte sich etwas, aber bevor er weiter darüber nachdenken konnte, ging die Tür auf und Daniel stand auf der Schwelle.

»Entschuldige, Charles, ich war mir nicht ganz sicher, ob ich richtig gehört hatte. Komm doch herein.«

»Nein, ich wollte dir nur sagen, daß ich um zehn Uhr dreißig nach Kyle of Lochalsh fahren möchte, wenn es dir paßt.«

»Sehr gut. Ich werde es Rebecca sagen.«

»Ich habe es ihr schon gesagt«, meinte Charles und ging den Gang hinunter. »Bis später, Daniel.«

Daniel schloß die Tür. Im gleichen Augenblick kam Decima aus ihrem Versteck hinter den Vorhängen.

»Ich glaube sicher, er hat einen Verdacht«, sagte sie.

»Angenommen, er weiß oder vermutet etwas . . .«

»Wie soll er? Da gibt es nichts zu vermuten.« Er hatte sich jetzt vollkommen unter Kontrolle und glaubte die Situation zu beherrschen. Das Erscheinen von Charles hatte die Hitze in seinem Körper in Eis verwandelt. »Da ist nichts zwischen uns, Decima, und was mich angeht, wird auch nie etwas sein.«

»Aber eben . . .« Ihre Augen blitzten zornig, ihr Gesicht war weiß vor Wut. »Eben noch . . .«

»Eben noch war ich ein Dummkopf, Decima, aber ich bin nicht so dumm, daß ich denselben Fehler noch einmal mache. Wenn du dich aus deiner Ehe befreien willst, mußt du dir einen anderen suchen, der dir dabei hilft. Von mir erwarte dir keine Hilfe.«

Sie stand da und schaute ihn an. »Aber warum?« sagte sie endlich. »Warum sagst du das? Vor ein paar Tagen hast du doch ganz anders gedacht.«

»Tut mir leid, wenn dich mein Benehmen getäuscht hat«, sagte er schroff und wandte sich ab, um das Gespräch zu beenden. »Ich wüßte nicht, was wir uns noch zu sagen hätten.«

Er erwartete, daß sie noch etwas sagen würde, um eine Erklärung bitten oder ihre Fassung verlieren würde, aber es kam nichts. Erst dann sagte sie langsam: »Bist du sicher, daß du das nicht bereuen wirst?«

Er drehte sich schnell um: Ihr Gesicht war noch immer weiß, aber ihr Mund lächelte.

»Was bereuen?« Seine Stimme klang kühl und gleichgültig.

»Du willst doch in akademischen Kreisen nicht in schlechten Ruf geraten, nicht?« sagte sie und öffnete die Tür. »Ich habe gehört, sie sollen so heikel geworden sein mit den Dozentenstellen.«

Sie schloß behutsam die Tür hinter sich. Daniel war allein.

Decima war nicht in ihrem Zimmer, als Rachel um halb zehn zum Frühstück erschien. Der große helle Raum wirkte aufgeräumt, das Bett war schon gemacht, und vom Fenster aus hatte Rachel den weiten Blick nach Südosten auf die Moore und Berge, und nach Südwesten aufs Meer. Sie überlegte gerade, ob sie Decima unten suchen gehen sollte, als die Tür aufging und Decima rasch hereinkam.

»Ah, da bist du schon!« Sie hatte glühende Wangen, und ihre Augen blitzten, als sei sie sehr erregt oder ärgerlich. »Ich rufe Mrs. Willie, daß sie das Frühstück heraufbringen kann. Hast du gut geschlafen?«

»Ja, danke. Ich bin früh aufgewacht und habe schon einen Spaziergang gemacht ... Ist etwas los, Decima? Du bist so unruhig.«

»Ach, ich bin nur nervös ... Da übrigens heute vormittag alle in die Stadt fahren, hoffe ich, du kommst auch mit und hilfst mir, ja? Daniel und Rebecca haben für sich etwas zu besorgen, und ich muß mit Charles das Essen für morgen abend bestellen. Da die Herren nicht auf der Jagd waren, müssen wir leider das Wild kaufen. Kommst du mit?«

»Sehr gerne. Ein herrlicher Morgen für eine Bootsfahrt. Wann will Charles losfahren?«

»So um halb elf, wenn ich bis dahin fertig bin. Ich brauche in der Früh immer so lange.«

Damit hatte sie recht. Es war schließlich nach elf, bis alle auf dem Boot waren und Charles den Motor anließ.

Die Sonne schien warm. Rachel saß hinten im Heck. Der weiche Wind liebkoste ihre Haut. Jetzt bei Tageslicht erschien ihr die Furcht von gestern abend unverständlich. Und auch das Gespräch mit Daniel vorhin am Strand bei Cluny kam ihr nicht mehr so beängstigend vor. Alle machten einen ganz normalen Eindruck. Charles und Rohan waren im Steuerhaus, Decima saß neben ihr, und die Careys waren am Bug und sahen stumm aufs Meer. Rachel betrachtete lange Daniels Hinterkopf, und dann kam Rohan aus dem Steuerhaus zu ihnen, und sie sah schnell aufs Wasser.

»Geht es dir nicht gut, Decima? Du siehst verfroren aus.«

»Im Gegenteil, mir geht's prima!«

Irgend etwas stimmte tatsächlich nicht mit Decima. Rohan und Rebecca hatten wohl doch recht. Rachel beobachtete verstohlen ihre Freundin, wie sie nervös an ihrem Rock herumfingerte und unruhig hin und her schaute. Jede Faser ihres schlanken Körpers schien gespannt zu sein. Zum Frühstück hatte sie nur eine Tasse Kaffee getrunken und hatte ruckweise und hastig über lauter belanglose Dinge gesprochen, wie sie ihr gerade in den Sinn kamen. Rachel fand das Frühstück unbehaglich und war froh, als es vorbei war.

Jetzt stand Rebecca auf. Sie ging von Daniel weg ins Steuerhaus, sagte etwas zu Charles und ging hinunter.

Rachel sah wieder zu Daniel.

»Gehen wir in die Kabine«, sagte Rohan. »Ich mache dir einen Kaffee, Decima.«

»Nein, danke.«

»Wirklich nicht? Und du, Rachel?«

»Bitte?«

»Willst du einen Kaffee?«

»Danke nein, Rohan.« Daniel kam auf sie zu. Der Wind blies ihr plötzlich eisig ins Gesicht. Oder waren ihre Wangen so heiß?

»Warte, Rohan«, sagte Decima scharf, »ich komme mit.«

»Ja? Das ist nett. Du nicht, Raye?«

Sie hörte ihn kaum. Daniel lächelte sie an und setzte sich neben sie auf den Platz, auf dem gerade noch Decima gesessen hatte. »Es tut mir leid, daß ich heute früh so heftig war«, sagte er. »Ich fürchte, ich habe Sie ziemlich plötzlich mit meiner Schwester allein gelassen.«

Er streckte lässig seine Beine aus, legte die Füße übereinander und hatte einen Ellbogen auf der Rücklehne aufgestützt, um sein Rückgrat zu entlasten. So war sein Körper ihr leicht zugedreht. Sie fühlte sich sofort steif und unbeholfen. Sie wollte sich entspannen, wagte aber nicht die geringste Bewegung zu machen, wollte ihn ansehen, traute sich aber nicht, seinen Blick zu erwidern. Sie spürte seine Nähe so intensiv, daß sie in seinen Armen kaum einem größeren Gefühlstumult ausgeliefert gewesen wäre. Und Rachel, die immer stolz gewesen war auf die klugen Ratschläge, die sie ihren verliebten Freundinnen geben konnte, fand ein solches Wegrutschen ihrer Selbstbeherrschung einfach beschämend.

Sie sah ihn plötzlich an, fest entschlossen, ihn die Wirkung, die er auf sie ausübte, nicht spüren zu lassen, und sagte treuherzig: »Decima scheint heute morgen ganz durcheinander zu sein. Ich weiß nicht, was los ist mit ihr. Sie behauptet, es sei alles in Ordnung.«

»Sie ist ein Nervenbündel«, sagte er achselzuckend ... »Wie ruhig heute die See ist! Und auch die Landschaft sieht so friedlich aus. Waren Sie schon einmal in Schottland, oder ist das Ihr erster Besuch?«

Sie antwortete ihm bereitwillig. Ihr war nicht entgangen, wie geschickt er das Gespräch von Decima wieder abgelenkt hatte. Er stellte ihr dann einige Fragen über ihr Leben in London und über ihren Aufenthalt in Florenz. Und während sie antwortete, fragte sie sich, ob er etwas mit Decima hatte und also die Gastfreundschaft von Charles so gemein mißbrauchte. Aber Rohan hatte ja nicht gesagt, daß Daniel und Decima etwas miteinander hatten, sondern nur, daß Decima sich sehr, er fand zu sehr, für ihren Gast interessierte ... Aber Decima hatte ihr doch gestern gesagt, daß sie Daniel Carey nicht mochte und kein Vertrauen zu ihm habe.

Entweder irrte Rohan, oder Decima hatte gelogen. Vielleicht brauchte sie Rachels Unterstützung gegen Charles und fürchtete, Rachel würde einen Ehebruch mißbilligen. Sie wollte vielleicht nicht riskieren, Rachels Sympathie in diesem Augenblick zu verlieren.

Es war doch gut möglich, daß sie etwas miteinander hatten. Decima blieb sicher nicht kalt und abweisend, wenn sie sich wirklich für einen Mann interessierte, und Daniel hätte sicher Roshven längst verlassen, wenn er nicht bekommen hätte, was er wollte. Es war sehr wahrscheinlich, daß ein Mann wie Daniel Carey nicht viel Schwierigkeiten bei Frauen hatte.

»Ich fahre oft von Cambridge für ein Wochenende nach London«, sagte er. »Wir müssen uns einmal treffen. Sagten Sie nicht, daß Sie gern ins Theater gehen?«

Und da hörte sie nicht mehr auf die kühle, klare Stimme ihrer Vernunft und gab es auf, die Situation zu analysieren. Ja, sie ging gern ins Theater, so oft wie möglich, so oft sie es sich leisten konnte ...

»So oft Sie es sich leisten können?« wiederholte Daniel erstaunt. »Heißt das, daß Ihre Verehrer Sie selbst zahlen lassen?«

Normalerweise wäre sie zu stolz gewesen zuzugeben, daß sie nur selten ausgeführt wurde, aber ihr Instinkt zwang sie, ehrlich mit ihm zu sein, gerade jetzt, da sie so gern geschwindelt hätte.

»Nur Mädchen wie Decima können sich jeden Abend von einem anderen Verehrer ausführen lassen«, sagte sie leichthin. »Unsereiner ist nicht so glücklich dran. Wenn ich immer auf einen Verehrer warten würde, um mir eine interessante Aufführung anzusehen, dann wäre manches Stück schon wieder abgesetzt, bevor ich es gesehen hätte.«

Er machte ein so erstauntes Gesicht, daß sie beinahe lachen mußte. »Sie gehen also ganz allein?«

»Ja, natürlich, warum nicht? Jedenfalls meistens, oder manchmal auch mit einer Freundin. Ich hocke doch nicht wie ein Aschenbrödel zu Hause herum und warte, bis mich einer mitnimmt.«

Jetzt mußte sie wirklich lachen, als sie sein Gesicht sah. »Sie werden gleich fragen, ob ich auch für ›Woman's Lib‹ demonstriere!«

»Möglich ist alles bei Ihnen!« gab er lachend zurück. Er sah zur Seite, und sie merkte nicht sogleich, daß er sich vergewisserte, ob jemand in Hörweite war. »Jedenfalls hat sich mein erster Eindruck von Ihnen bestätigt.«

»Und der war?«

»Daß Sie eine ungewöhnliche und interessante Frau sind.« Er war aufgestanden und ging hinüber zum Steuerhaus. Der Wind fuhr durch sein dunkles Haar.

»Kannst du mir eine Zigarette geben, Charles? Ich habe keine mehr . . . Danke.«

Sie beobachtete ihn, registrierte jede seiner Bewegungen, und in ihrem Kopf lief wie auf einem Tonband noch einmal das Gespräch ab, das sie soeben mit ihm geführt hatte. Sie sah, wie Charles ihm eine Zigarette gab und er sie im Schutz des Steuerhauses anzündete. Und dann, bevor er zu ihr zurückkehren konnte, tauchte von unten Rebecca auf, und damit war die Chance, das Gespräch fortzusetzen, vorbei.

Rachel wandte sich zur Seite und starrte über das Wasser.

Es war nach ein Uhr, als sie Kyle of Lochalsh erreichten. Als sie einen Platz für das Boot gefunden und es festgemacht hatten, schlug Charles vor, erst einmal essen zu gehen, aber da Daniel von der Idee nicht sehr begeistert war, trennten Rebecca und er sich von den anderen und gingen allein in die Stadt. Daniel fragte Rachel noch einmal, ob sie nicht mitkommen wolle, aber Decima sagte schnell dazwischen, Rachel hätte versprochen, ihr beim Einkaufen für das Abendessen zu helfen. Daniel zuckte die Achseln und sagte nichts weiter.

Es war seltsam, dachte Rachel, wie alle erleichtert zu sein schienen, als die Careys weg waren. Charles wurde sichtlich freundlicher, Rohan gesprächiger, und auch Decima wirkte gelöster. Selbst Rachel fühlte sich plötzlich entspannt, als Daniel gegangen war, aber sie war noch so durcheinander, daß es ihr schwerfiel, sich wieder auf Decimas Probleme zu konzentrieren. Mit großer Anstrengung beantwortete sie die Fragen, die man an sie richtete. Die ganze Zeit dachte sie an Daniel und an seinen Vorschlag, sich in London zu treffen. Und plötzlich war es ihr ganz gleichgültig, was er mit Decima hatte oder gehabt hatte. Erschreckt stellte sie fest, daß ihr auch Decima gleichgültig geworden war. Ich bin nicht länger Zuschauer bei einem Stück, das die anderen für mich spielen, dachte sie. Ich spiele mit.

Und mitten in ihrer Verwirrung wußte sie, daß jetzt auch sie in den Strudel geraten war.

Daniel sagte zu seiner Schwester: »Langsam wird es gefährlich.«

»Mit Decima?«

»Ich beherrsche die Situation nicht mehr. Wie konnte ich nur so dumm sein, mich mit ihr einzulassen.«

Rebecca erschrak. Daniel hatte sich noch nie dumm mit Frauen benommen. »Was meinst du damit, Danny? Warum sagst du das?«

Er erzählte ihr, was vorgefallen war. Sie gingen die Hauptstraße hinauf, an Geschäften vorbei, wo Tweed und karierte Wollstoffe verkauft wurden, kamen beim Fleischer vorbei, beim Bäcker und beim Gemüsehändler. Aber Rebecca achtete nicht mehr auf die Umgebung. Dann hatten sie den kleinen Laden erreicht, wo keltischer Silberschmuck verkauft wurde.

»Mein Gott, Danny . . .«

»Das kann ziemlich gefährlich werden.«

»Aber dagegen muß man doch etwas tun.«

»Reg dich nicht auf, das ist meine Sache.«

»Wie kannst du so etwas sagen! Sie kann dich ruinieren, und ich soll dabeistehen und zusehen?«

»Du hast genug eigene Probleme. Brauchst dich nicht noch um meine zu kümmern. Halte dich da lieber heraus.«

»Das kann ich doch gar nicht mehr! Du glaubst, Decima könnte dir die Dozentenstelle . . .«

»Das glaube ich.«

»Was sollen wir machen?«

»Du machst gar nichts«, sagte Daniel ruhig. »Und was ich mache, werden wir erst sehen.«

Nachdem sie in einem der Gasthäuser am Hafen zu Mittag gegessen hatten, ging Rachel mit Decima das Wild einkaufen und was sie sonst noch zum Essen brauchten, während

Rohan mit Charles den Champagner und die anderen Getränke besorgte. Als sie alles an Bord hatten, war es halb vier, und von den Careys war nichts zu sehen.

»Ich setze mich da drüben hin und beschwatze den Wirt, daß er mir ein Bier ausschenkt. Auch wenn er jetzt keine Erlaubnis dazu hat«, sagte Rohan. »Von dort habe ich das Boot im Auge. Kommt jemand mit?«

»Ich vielleicht«, sagte Charles. »Du auch, Decima?«

»Nein, ich bin müde. Ich warte hier.«

»Ich bleibe bei Decima«, sagte Rachel, bevor sie gefragt werden konnte. »Geht nur und trinkt euer Bier.«

Sie gingen. Decima klagte über Kopfweh und ging in die kleine Küche, um sich einen Kaffee zu kochen.

»Willst du auch einen, Raye?«

»Nein, danke. Ich gehe hinauf, wenn du mich nicht brauchst.«

»Ich trinke meinen Kaffee und lege mich ein bißchen hin. Hoffentlich kommen die Careys bald. Ich möchte gern nach Hause.«

»Ich geb dir Bescheid, wenn ich sie sehe.« Rachel stieg hinauf und setzte sich ins Steuerhaus. Der Wind blies kälter als am Vormittag, der Himmel hatte sich bewölkt, der beste Teil des Tages war vorbei. Eine unruhig hin und her schwappende See kündigte Sturm und Regen an.

Sie wunderte sich, wo Daniel blieb und was er so lange zu tun hatte.

Nach kaum fünf Minuten sah sie ihn. Er kam mit Rebecca auf die Anlegestelle zu, und als sie an der Wirtschaft vorbeikamen, mußten Rohan und Charles sich ihnen bemerkbar gemacht haben, denn sie blieben an einem der ebenerdigen Fenster stehen, und Rebecca ging hinein. Daniel blieb draußen kurz stehen, dann ging er weiter zum Boot.

Sie saß ganz still und sah ihn den Bootssteg entlangkommen. Es war ihr, als hätte sie schon Jahre auf etwas gewartet, ohne zu wissen worauf. Das Warten wurde immer beklemmender. Dann war er beim Boot, sah sie und lächelte ihr zu. Das Boot schwankte, als er sich hinaufschwang.

»Ich dachte doch, daß ich Sie hier finden würde«, sagte er. »Wo ist Decima?«

»Unten in der Kabine, sie hat sich hingelegt.«

»Ach so.« Er trat neben sie ins Steuerhaus. Von den anderen war noch nichts zu sehen. »Sie werden gleich kommen«, meinte er.

»Ja, ich habe gesehen, daß Rebecca hineinging, um sie zu holen.«

Sie schwiegen.

Rachel starrte unverwandt auf die grauen Mauern der kleinen Wirtschaft mit dem hin und her schwingenden Schild über dem Eingang. Da spürte sie plötzlich Daniels Hand auf ihrem Arm. Sie sah zu ihm hin.

»Glauben Sie bitte nicht . . .« Der Satz wurde nicht beendet. Später konnte sie sich nur noch an den Griff erinnern, mit dem er ihre Handgelenke umklammerte, an rauhe, warme Lippen, an eine Explosion von Leidenschaft, an einen harten muskulösen Körper. Dann war es vorbei, der Schwindel verebbte, und sie sah an Daniel vorbei aufs Deck. Da stand Decima unbeweglich, wie angewurzelt, und beobachtete sie.

Rachels Lippen bewegten sich.

Daniel drehte sich mit einem Ruck um.

»Oh, oh«, sagte Decima mit ihrer sanftesten Stimme, »ich habe dich unterschätzt, Raye. Du hast keine Zeit verloren, mein Kompliment. Tut mir leid, daß ich euch gestört habe. Das ist euch sicher schrecklich peinlich, aber ich wollte euch ja nur sagen, daß die anderen gleich da sind. Da sind sie schon.«

Es regnete, als sie nach Roshven kamen. Schwere Wolken hingen über dem Moor und hüllten die Bergspitzen ein. Rachel begab sich so schnell sie konnte auf ihr Zimmer. Dort war schon das Feuer im Kamin entzündet, und die Haushälterin hatte ihr sogar eine Kanne mit heißem Wasser hingestellt.

Sie zog sich rasch aus. Ihre Sachen waren auf dem kurzen Weg von der Anlegestelle bis zum Haus ganz durchnäßt worden. Sie wickelte sich für ein paar Minuten in ihre Bettdecke, bevor sie sich mit dem heißen Wasser wusch.

Gerade als sie ihr Wollkleid anzog, hörte sie ein Klopfen an ihrer Tür.

»Wer ist da?«

»Decima.«

O Gott, dachte Rachel. Sie spürte deutlich, daß sie glühendrot wurde vor Verlegenheit. Decima war die letzte, mit der sie sich jetzt unterhalten wollte.

»Ich ziehe mich gerade um, Decima. Ist es dringend?«

»Ja, ich muß mit dir reden.«

Ihre heißen Finger zerrten an dem Reißverschluß ihres Kleides. »Einen Augenblick.«

Der Reißverschluß klemmte und ging weder hinauf noch hinunter. »Verdammt«, fluchte Rachel, ließ den Reißverschluß und riß die Tür heftiger auf, als sie eigentlich wollte.

Decima war schon umgezogen fürs Abendessen. Sie trug ein einfaches schwarzes Kleid. Über ihrer linken Brust funkelte eine Diamantenbrosche.

»Was ist?« fragte Rachel unfreundlich.

Decima antwortete nicht und trat ins Zimmer. Dann, als Rachel die Tür schloß, sagte sie: »Ich muß mit dir über Daniel reden.«

Jetzt ärgerte sich Rachel wirklich. Wieso kam Decima dazu, über Daniel zu reden, als hätte sie ein Recht auf ihn?

Als verheiratete Frau hatte Decima weit weniger Anspruch auf ihn als sie und ganz gewiß nicht das Recht, Rachels Benehmen zu kritisieren. »Ich habe dir nichts zu sagen über Daniel«, sagte sie kalt. »Ich wundere mich nur, daß du über ihn reden willst.«

Decima zog die Augenbrauen hoch. »Bist du nicht ein bißchen zu empfindlich, Rachel? Hast du etwa ein schlechtes Gewissen, weil ich dich bei einem Kuß überrascht habe? Küßt du so selten, daß du dich danach noch tagelang schämst?«

»Ich . . .«

»Ich wollte dich ja nur warnen von Daniels Taktik mit Frauen. Charles hat mir erzählt, wie Daniel als Student . . .«

»Ich interessiere mich absolut nicht für altes Geschwätz«, sagte Rachel wütend. »Es ist mir auch ganz egal, wieviel Frauen Daniel schon gehabt hat, und es geht mich auch gar nichts an. Ich möchte nur eines wissen! Warum hast du mich gestern abend angelogen? Du hast behauptet, Daniel interessiere sich nicht für Frauen und du könntest ihm nicht vertrauen. Und dabei hattest du wochenlang einen Flirt mit ihm!«

Trotz der schwachen Beleuchtung sah sie, wie Decima blaß wurde. »Ich . . . ich habe mich nicht getraut . . . ich wollte es dir verschweigen . . .«

»Was hast du mir noch alles verschwiegen, Decima?«

Pause. »Was meinst du?«

»Ich meine damit, ob du nicht auch schuld bist am Scheitern eurer Ehe, nicht nur Charles?«

Wieder eine Pause. »Ich . . .«, begann Decima zögernd, »ich glaube, wir haben beide Fehler gemacht. Ich war so wütend, als ich merkte, daß Charles mich nur wegen meines Geldes geheiratet hatte, daß ich mich in Oxford sehr schlecht benommen habe. Nicht wirklich schlimm, aber auf ein, zwei Cocktailpartys, auf denen es immer so steif zugeht, habe ich eben zuviel getrunken, das reichte Charles schon. Und aus purer Langeweile habe ich hin und wieder mit Studenten geflirtet. Aber ich bin ihm nie untreu geworden! Auch jetzt nicht mit Daniel, obwohl er mir keine Ruhe gelassen hat. Irgendwie ist es mir immer gelungen, einen kühlen Kopf zu bewahren. Aber du weißt nicht, wie schwer mir das gefallen ist. Ich war sehr verliebt in Daniel, aber ich hatte auch eine entsetzliche Angst, daß Charles das herausfinden könnte. Dann habe ich mir plötzlich gedacht, ob Charles womöglich Daniel ermutigte, um einen Beweis meiner Untreue in die Hand zu bekommen und sich dementsprechend rächen zu können. Denn ich konnte mir einfach nicht vorstellen, daß sich Daniel, der doch Charles sehr schätzt und gerne hat, sich ihm gegenüber so gemein benehmen könnte.«

»Das kann man sich auch nur schwer vorstellen, aber vielleicht hast du ihn dazu ermuntert?«

»Überhaupt nicht, ich schwöre es dir! Obwohl ich ihn sehr attraktiv fand, das gebe ich zu. Und es war auch nicht immer leicht, ihn auf Distanz zu halten. Vielleicht kannst du das nicht verstehen, aber . . .«

Rachel konnte es nur zu gut verstehen. Sie spürte einen dumpfen Kopfschmerz. »Ich verstehe nicht, daß Charles nichts davon bemerkt hat.«

»Deshalb habe ich ja vermutet, daß er heimlich Daniel unterstützt. Er hat ihn ja geradezu gedrängt, so lange wie möglich in Roshven zu bleiben! Ich denke manchmal, die haben sich alle gegen mich zusammengetan. Die treiben mich so weit, daß ich nicht mehr zurück kann. Ich habe eine solche Angst ausgestanden, Raye, es war wie ein Alptraum.« Sie zitterte so, daß sie sich setzen mußte. »Es tut mir leid, daß ich mich heute nachmittag so schlecht benommen habe, als ich dich mit Daniel sah, aber ich war mit meinen Nerven so am Ende, daß ich nicht mehr klar denken konnte. Ich sah nur, wie sie mir den einzigen Menschen, dem ich noch vertrauen kann, Schritt für Schritt entziehen und zum Gegner machen. Und der Gedanke war so niederschmetternd, daß ich meine ganze Selbstbeherrschung verlor. Du glaubst mir doch, Raye, ja? Du bist doch nicht gegen mich, oder?«

»Natürlich nicht«, sagte Rachel nur. »Sei nicht kindisch.« Aber hinter ihren beruhigenden Worten verbarg sich ein Sturm von Zweifeln und widerstreitenden Gefühlen.

Es stimmte, daß jeder heute versucht hatte, sie zum Gegner von Decima zu machen. Es stimmte möglicherweise auch, daß es Daniel so leicht bei Frauen hatte, daß er nicht widerstehen konnte, sich auch mit ihr zu amüsieren. Ohne Zweifel fand er sie reichlich altmodisch und machte sich einen Spaß daraus, sie aus der Fassung zu bringen und ihre konventionellen Prinzipien zu zerstören.

Ein heftiger Schmerz pochte gegen ihre Schläfen.

»Hast du zufällig ein Aspirin, Decima?«

»Aspirin? Ja, natürlich. Sag einmal, warum essen wir nicht zusammen in meinem Zimmer? Ich mag die anderen nicht schon wieder sehen. Wir könnten ungestört miteinander reden und bald schlafen gehen.«

»Würde das nicht komisch aussehen? Mein Kopfweh ist nicht so schlimm. Es ist besser, ich esse mit den anderen.«

Der wahre Grund war, daß sie sich keine Gelegenheit entgehen lassen wollte, Daniel zu sehen. Als sie fünf Minuten später mit dem Aspirin aus Decimas Zimmer kam, fragte sie sich, wieso Daniel immer noch eine so große Anziehungskraft auf sie ausübte, obwohl sie jetzt doch wußte, daß sie ihm ganz gleichgültig war.

Daniel ging es doch nur um Decima. Die Szene im Steuerhaus heute nachmittag hatte nur den Zweck gehabt, Decima eifersüchtig zu machen und damit gefügiger.

Zwanzig Minuten später war der Kopfschmerz vorbei, und sie ging ins Speisezimmer hinunter.

Decima erschien nicht zum Essen, aber Rohan und Charles sorgten für gute Laune. Sie besprachen das morgige Geburtstagsfest und erinnerten sich dabei an ihren eigenen Einundzwanzigsten vor einigen Jahren. Im Gegensatz dazu sagte Rebecca sehr wenig, und auch Rachel war nicht sehr gesprächig. Daniel schaute sie während des ganzen Essens nicht einmal an und sprach kein einziges Wort. Bei der ersten Gelegenheit entschuldigte er sich und zog sich zurück.

Nach einiger Zeit erhob sich auch Rebecca und ging in die Bibliothek. Und Charles zog es an seinen Schreibtisch. So saßen sich Rachel und Rohan allein gegenüber. Rohan beugte sich vor, um den Leuchter zur Seite zu stellen. »Warum kam Decima nicht zum Essen?«

»Sie sagte, sie sei müde.«

»Und was sagst du, was sie war?«

»Sie sah wirklich müde aus. Sie macht mir Sorgen, Rohan. Sie ist so nervös.«

»Selbst schuld.«

»Kannst du mir das vielleicht näher erklären?«

»Sie kann ja weggehen, wenn sie will.«

»Red doch nicht so dummes Zeug. Wie kann sie jetzt weg, wo morgen abend diese Party ist. Sie muß wenigstens bis Sonntagmorgen hierbleiben. Und außerdem hat sie gar kein Geld.«

»Daniel hat genug.«

»Ich glaube nicht, daß Daniel so kopflos ist, mit ihr auf und davon zu gehen.«

»Sag lieber, du hoffst, daß Daniel nicht so kopflos ist.«

»Ach, Rohan!«

»Du hast dich in ihn verliebt, Rachel. Nein, nein, sag nicht wieder, das sei Unsinn! Ich kenne dich viel zu gut. Ich weiß genau, wann du einen Mann magst und wann nicht. Aber Daniel solltest du vergessen. Er hat nur Augen für Decima.«

»Das . . .«, begann Rachel, aber Rohan hörte gar nicht zu.

»Glaubst du vielleicht, ich hätte nicht sofort gewußt, wie es zwischen den beiden steht, als ich nach Roshven kam?« unterbrach er sie. »Mir war sofort klar, daß er sie haben wollte und jeden Trick versuchte, damit sie mit ihm mitkäme.« Seine Stimme klang nicht ganz sicher. Als wollte er seine mangelnde Beherrschung überspielen, langte er nach der Karaffe und goß sich ungeschickt Wein ein. Aber seine Hand zitterte; der Wein lief über, dunkelrote Lachen bildeten sich auf dem weißen Tischtuch. »Ich habe es Charles gesagt«, meinte er. »Aber er wollte es nicht glauben. Kannst du dir das vorstellen? Heute morgen, als ich die Treppe hinaufging, sah ich Decima in Daniels Zimmer verschwinden, um dort auf ihn zu warten, und ich weiß verdammt gut, worauf sie wartete. Ich bin sofort zu Charles gegangen und . . .«

»Dazu hast du kein Recht, Rohan. Das geht dich nichts an«, unterbrach Rachel scharf.

»Charles ist doch mein Vetter.«

»Das spielt keine Rolle. Du darfst dich da nicht reinmischen.«

»Allmächtiger Herr«, rief Rohan laut und stellte sein Glas so heftig auf den Tisch, daß es klirrte. »Halt mir keine Predigten! Komm schön runter von deiner kleinen viktorianischen Kanzel. Ich brauche keine Sermone über richtiges Verhalten! Was weißt du überhaupt über das Leben? Du warst noch nie verliebt, du warst noch nie mit einem Mann im Bett, du . . .«

»Was hat denn das damit zu tun, daß ich es widerlich finde, wenn du dich zu Charles schleichst, um ihm ins Ohr zu flüstern, sein Gast versuche, ihm seine Frau wegzunehmen? Du lieber Himmel, wenn Charles nicht selber merkt, daß einer seiner Gäste sich danebenbenimmt, dann verdient er es, betrogen zu werden! Ich wundere mich gar nicht, daß er dich hat abfahren lassen!«

»Aber wenn er es gemerkt hat, warum hat er dann Daniel nicht längst an die Luft gesetzt? Außerdem hat er es ja gar nicht geglaubt! Er war so eitel, so unglaublich aufgeblasen und selbstzufrieden, daß er es einfach für unmöglich hielt, von Decima je betrogen zu werden! Immer wieder hat er die Careys gedrängt, doch ja hierzubleiben!«

»Dann ist er entweder blind, oder er hat besondere Gründe, die Careys hierzubehalten.«

»Welche Gründe?« fragte Rohan. »Nenn mir einen Grund, warum man den Liebhaber seiner Frau im Hause behalten soll!«

»Aber Decima behauptet, er ist nicht ihr Liebhaber.«

»Er hat aber oft genug versucht, es zu werden!«

»Woher weißt du das?«

Er sah sie erstaunt an. »Weil ich sie beobachtet habe.«

»Ausspioniert, meinst du.«

»Ich . . .«

»Rohan, was treibst du denn eigentlich? Hast du dich selbst zum Privatdetektiv von Charles ernannt? Oder warum interessierst du dich so dafür, ob Decima mit Daniel ins Bett geht oder nicht?«

Rohan stieß seinen Stuhl zurück und stand so heftig auf, daß der Stuhl umkippte. »Ich sehe, du hast die Situation hier überhaupt noch nicht erfaßt.«

Sie gab ihm dreißig Sekunden, um seinen Zorn abzukühlen, dann folgte sie ihm in den kleinen Salon nebenan. Er stand beim wärmenden Kaminfeuer und hatte ein Papiermesser aus Elfenbein in der Hand, das er in seiner Aufregung anscheinend vom Tisch genommen hatte. Es war ein gebogener Elfenbeinzahn, dessen oberer Teil die Scheide für die Messerklinge bildete, der untere Teil das Heft. Rachel konnte sich nicht erinnern, es schon vorher gesehen zu haben.

»Woher hast du das?«

»Es gehört Rebecca. Sie hat es in Edinburgh gekauft.« Er legte es abrupt auf den Tisch zurück. Rachel sah, daß die Elfenbeinschnitzereien chinesische Figuren darstellten, jede einzelne sorgfältig ausgeführt. Sie nahm es in die Hand, um es genauer zu betrachten.

»Vielleicht kannst du mir zwei Fragen beantworten«, sagte Rohan plötzlich. »Erstens, warum wirft Charles Daniel nicht einfach hinaus, sondern bittet im Gegenteil die Careys zu bleiben. Zweitens, warum hat sich Decima entschlossen hierzubleiben, obwohl sie die Gelegenheit und die Mittel hätte, wegzugehen?«

»Roshven ist ihr Zuhause, Rohan. Warum sollte sie sich vertreiben lassen?« Sie zog das Messer aus der Scheide und glitt mit ihrem Zeigefinger abwesend die Klinge entlang. »Herrjeh, ist das scharf! Das reinste Seziermesser!« Sie saugte an ihrem Finger, wo sich schon ein feiner roter Strich zeigte, und legte das Messer auf den Tisch zurück.

»Aber wenn Decima die Beziehung zu Daniel oder zu Charles oder zu beiden nervlich so belastet«, sagte Rohan, »dann wäre es doch für sie eine Erleichterung, Roshven eine Zeitlang zu verlassen.«

»Aber wie denn?«

»Daniel . . .«

»Daniel wird sich niemals auf diese Weise kompromittieren.«

»Woher weißt du das?« fragte Rohan. »Du kennst ihn doch kaum. Wie kannst du wissen, was er niemals tun würde?«

Rachel griff abwesend wieder nach dem weißen Messer

auf der dunklen, glänzenden Tischoberfläche. Ihre Finger glitten über das kühle Elfenbein. Rohan hatte mit allem recht. Was wußte sie schon von Daniel? Was wußte sie, ob Daniel nicht längst Decima gebeten hatte mitzukommen und nach ihrem Nein seine Aufmerksamkeit Rachel zugewandt hatte, um Decima eifersüchtig zu machen? Hatte die Szene im Steuerhaus nicht nur dazu gedient, daß Decima ihre Gefühle für ihn neu überprüfte? Ein erfolgreiches Manöver jedenfalls, denn am selben Abend noch hatte Decima versucht, Rachel gegen Daniel aufzuhetzen, um ihn wieder für sich zu gewinnen.

Decima, mit ihrem Geld und ihrer Schönheit und Eleganz ... Man konnte sie sich so leicht mit Daniel vorstellen, besser als mit Charles. Mußte man nicht annehmen, Decima arbeitete nur darauf hin, mit Daniel wegzugehen?

»Ist dir nicht gut, Rachel? Du bist ganz blaß.«

Decima hatte immer alles bekommen, was sie sich gewünscht hatte. Für Menschen, die wie sie immer mit Sympathie und Aufmerksamkeit, Bewunderung und Komplimenten rechnen können, ist das Leben ja so einfach. Daniel war für sie nur wieder ein neuer Mann, ein neuer Name, den sie auf die lange Liste setzen konnte all derer, die im Lauf der Zeit bei ihr stehengeblieben waren. Daniel war für sie ein Mittel, um etwas zu erlangen. Mehr nicht.

Aber für Rachel war er mehr. »Nein«, sagte sie, »es ist nichts Besonderes.«

»Hat Daniel ...«

»Ich mag nicht mehr reden über Daniel.« Das Messer glitt ihr aus der Hand und schlug laut auf dem Tisch auf. »Ich gehe heute früh ins Bett. Mein Kopfweh wird immer stärker.«

»Willst du ein Aspirin?«

»Nein, danke, ich habe schon eines von Decima bekommen. Gute Nacht, Rohan.«

»Gute Nacht«, sagte er langsam, und sie wußte, auch wenn sie nicht zurückschaute, daß seine grauen Augen sie genau beobachteten, während er ihren Rückzug registrierte und sich über ihr Benehmen seine Gedanken machte. Rohan sah immer viel zuviel.

Ohne nach rechts und links zu schauen, ging sie eilig durch die Halle und die Treppe hinauf in ihr Zimmer. Sie war froh, endlich allein zu sein.

Kurz nach Mitternacht wachte sie plötzlich auf. Sie hörte den Wind um ihr Fenster streichen und an den Dachtraufen rütteln und den Regen gleichmäßig gegen die Scheiben schlagen. Es war stockfinster. Alles, was sie sehen konnte, war das Leuchtzifferblatt ihres kleinen Reiseweckers und der weiße Streifen des über die Decke umgeschlagenen Bettuchs. Sie horchte.

Es war ganz still im Haus, aber irgend etwas hatte sie geweckt. Vielleicht hatte sie auch nur geträumt. Sie horchte angestrengt, aber es war nichts zu hören. Sie schlüpfte aus dem Bett und ging zur Tür, ohne die Lampe anzuzünden. Gerade wollte sie leise die Tür öffnen, als draußen im Gang eine Diele knackte. Starr vor Schrecken blieb sie stehen, unfähig, die geringste Bewegung zu machen, die Kopfhaut prickelnd vor Angst.

Sie wußte nicht, wie lange sie so in der Dunkelheit stand, aber nach ungefähr einer Minute gelang es ihr, sich lautlos ihrem Nachttischchen zu nähern und die Lampe anzuzünden. Das Licht wirkte beruhigend. Mit der Lampe in der Hand ging sie zur Tür zurück. Kein Zweifel, sie war hysterisch und würde am nächsten Morgen über sich lachen, aber sie wußte genau, sie würde nicht wieder einschlafen können, bevor nicht die Türe verschlossen war.

Erst an der Tür stellte sie fest, daß kein Schlüssel steckte. Vielleicht steckte er draußen.

Sie brauchte wieder mindestens zwei Minuten, bevor sie es fertigbrachte, den Griff umzudrehen und die Tür nach innen zu öffnen. Kein Schlüssel. Sie trat auf den Gang hinaus. Niemand.

Sie zögerte. Da sah sie am Ende des Ganges einen schwachen Lichtschimmer, in der Halle mußte noch eine Lampe brennen. Plötzlich blies sie entschlossen ihre Lampe aus, stellte sie in ihr Zimmer und ging den Gang entlang, nach rechts, zu Decimas Tür.

Sie klopfte leise an und rief Decimas Namen. Keine Antwort. Sie drehte am Griff, aber die Tür war verschlossen. Wenigstens hatte Decima einen Schlüssel.

Rachel ging weiter bis zur Galerie, die ganz dunkel war, aber als sie sich über die Balustrade beugte, sah sie, daß unten in der Halle tatsächlich noch eine der großen Lampen auf dem Tisch brannte. Sie kannte sich zwar noch nicht sehr gut aus in diesem Haus, aber sie wußte, daß ihr Zimmer im Südflügel lag und Decimas Zimmer im Südostturm mit dem Blick nach Osten auf die Berge und Moore, nach Süden auf Strand und Klippen. Charles hatte offensichtlich seine Zimmer im Westflügel mit Blick auf das Meer hinaus, und sie erinnerte sich, daß auch Rohan erwähnt hatte, daß sein Zimmer dort lag. Der Nordflügel wurde nicht mehr benutzt, da der Wildhüter mit seiner Frau lieber in einem kleinen Anwesen, hundert Meter entfernt, wohnte. Das hieß, daß die Careys wahrscheinlich ihre Zimmer im Ostflügel hatten, zur Berg- und Moorseite hin. Und im Ostflügel befand sich Rachel jetzt. Hier war der Gang auf einer Seite offen, so daß man über eine Balustrade in die große Halle sehen konnte. In der Mitte dieser Balustrade trafen sich die beiden Treppen, die von der Halle zum ersten Stock heraufführten. Am Ende der Galerie verband eine schmale Wendeltreppe die Halle mit den unbewohnten Räumen im Nordostturm. Hier im Ostflügel zählte Rachel sechs Türen. Als sie auf die Mitteltreppe zuging, sah sie, daß eine der Türen nur angelehnt war.

Sie blieb stehen.

Hinter der Tür war es dunkel. Sie zögerte einen Augenblick, dann klopfte sie an; als niemand antwortete, öffnete sie die Tür einen Spalt und sah ins Zimmer.

Das Bett war unbenutzt, die Vorhänge waren nicht zugezogen, aber im Kamin glimmten noch ein paar Scheite und gaben genügend Licht, um sich zurechtzufinden.

Daniels Zimmer wirkte sehr ordentlich. Ein Paar Herrenschuhe standen neben dem Bett, ein Dressinggown hing über der Rückenlehne eines Sessels, sein Besitzer hatte ihn offensichtlich dort hingelegt, nicht hingeworfen. Auf einem stummen Diener lagen zwei silberne Kleiderbürsten, daneben ein großer Kamm, und am Waschtisch lag ein altmodisches Rasierzeug neben einer modernen Rasiercremetube.

Sie entschloß sich, nicht weiter zu schnüffeln, obwohl sie neugierig genug war, mehr über ihn zu erfahren. Nach dem Kuß im Steuerhaus wünschte sie nichts so sehr wie ihn besser kennenzulernen. Was tat er, wenn er nicht über seinen Büchern saß? Wie war seine Kindheit, seine Jugend gewesen? Hatte er Enttäuschungen erlebt? Oder kannte er von Anfang an nur den Erfolg und hatte sich nie mit bitteren Niederlagen herumschlagen müssen? Hatte er Freunde in Cambridge? Lebte er allein oder ...

Aber diesen Gedanken wollte sie lieber nicht ausspinnen. Sie hatte Decima so entrüstet erklärt, sie interessiere sich nicht für Daniels Liebesleben, daß sie sich schon jetzt wie eine Heuchlerin vorkam.

Eilends verließ sie sein Zimmer, als wollte sie damit auch ihren Grübeleien ein Ende bereiten, und ging zur Treppe zurück.

Noch immer war niemand zu sehen.

Wo war Daniel? Und wer hatte das Licht brennen lassen?

Als sie auf halber Treppe war, fragte sie sich plötzlich, ob Decima wirklich so fest schlief hinter ihrer verschlossenen Tür. Sie blieb stehen, die Hand auf dem Geländer, und sah noch einmal hinauf zur Galerie.

Da hörte sie Stimmen. Ein leises Gemurmel, das sich in der riesigen Halle fast verlor. Aber als sie die unterste Stufe erreicht hatte, war ihr klar, daß die Stimmen aus einem der Zimmer links von der Treppe kamen. Sie ging auf die Bibliothek zu. Aber die Stimmen kamen aus dem Arbeitszimmer von Charles, aus dem Südostturmzimmer.

Sie trat näher. Die Tür war nicht fest geschlossen. Rachel wollte gerade anklopfen und eintreten, um herauszufinden, wer so spät noch auf sei, als sie die ersten Gesprächsfetzen hörte.

»Nein«, sagte Charles Mannering energisch, »das kommt gar nicht in Frage. Du weißt genau, wie es auf der Universität zugeht. Wenn ich frei wäre, ja, das wäre natürlich etwas anderes.«

Eine Frauenstimme antwortete. Es war Rebecca, die, anders als sonst, sehr leise sprach. »Aber Charles, wenn Decima . . .«

»Decima weiß nichts und ahnt nichts . . .«

»Warum hat sie dann dieses Mädchen hierher eingeladen?«

»Nur, um die allgemeine Aufmerksamkeit von sich selbst abzulenken.«

»Wenn Decima aber doch etwas ahnt . . .«

»Mein liebes Kind, Decima ist doch viel zu sehr mit sich beschäftigt und wird es immer sein. Sie hat doch gar keine Zeit für Vermutungen.«

»Charles . . .«

Das Gespräch brach ab. Rachel hörte nur noch einen erstickten Aufschrei und Sekunden später einen Seufzer. Da zog sie sich schnell zurück.

Nachdem sie den anfänglichen Schrecken überstanden hatte, war ihre erste klare Reaktion, daß Charles und Rebecca sie keinesfalls hier finden durften. Auch durfte sie sich niemals anmerken lassen, daß sie Charles von »frei sein« hatte reden hören und so verächtlich über Decima.

Sie mußte sich verstecken. Und nachdenken. Ihr war ganz wirr im Kopf. Nur eines war klar. Charles kümmerte sich nicht um die Aktivitäten seiner Frau und würde nichts gegen Daniel unternehmen, weil er damit riskierte, Rebecca zu verlieren.

Sie öffnete die Tür zum kleinen Salon, wo sie mit Rohan gesprochen hatte, und stolperte hinein. Irgend etwas bewegte sich am Kamin. Als sie zurückfuhr und unterdrückt aufschrie, ließ ein Windstoß im Kamin das sterbende Feuer noch einmal aufflammen, und sie sah, daß der Bernhardiner auf dem Teppich vor dem Kamin geschlafen hatte und durch sie aufgeweckt worden war.

Er knurrte.

»Ist schon gut«, flüsterte sie. »Ich bin's.«

Er knurrte noch immer, bewegte aber seinen Schwanz dabei hin und her. Im Feuerschein glänzten seine Augen gläsern und gefährlich.

Sie ließ sich in einen Sessel fallen. Auch der Hund streckte sich wieder aus, aber er ließ sie nicht aus den Augen. So beobachteten sie einander. Hinter dem Hund stand der Tisch mit der polierten Platte. Darauf lag eine rote Schreibunterlage aus Leder, ein Kalender, der ein drei Tage altes Datum trug, und in einem gläsernen Briefbeschwerer spiegelte sich vielfarbig der Feuerschein.

Rachel stand plötzlich auf und korrigierte das falsche Datum. Es war Samstag früh, der 12. September. Heute abend um acht würden sie Decimas Geburtstag zu feiern beginnen, und beim Glockenschlag um zwölf Uhr Mitternacht würden sie auf ihre Großjährigkeit trinken. Wenn ihr etwas zustoßen sollte, dann müßte es in den nächsten vierundzwanzig Stunden passieren.

Sie stellte den Kalender auf den Tisch zurück, dann stutzte sie. Da fehlte doch etwas. Sie rief sich das Gespräch mit Rohan vor ein paar Stunden wieder ins Gedächtnis.

Plötzlich wußte sie es. Das weiße Papiermesser mit der rasiermesserscharfen Klinge war nicht mehr da.

Ihr wurde übel.

Nur ruhig, sagte sie sich. Nur keine vorschnellen Schlüsse. Rohan hat es vielleicht anderswo hingelegt, als ich weg war. Sie rekonstruierte noch einmal ihr Zusammensein mit ihm hier in diesem Zimmer. Das Messer hatte dort auf dem Tisch beim Briefbeschwerer gelegen. Rohan hatte es in seiner Aufregung genommen, um es einen Augenblick später wieder hinzulegen. Dann hatte Rachel es ergriffen und eine Weile damit gespielt. Aber sie konnte sich genau erinnern, es auf den Tisch zurückgelegt zu haben.

Sie schaute sich suchend um, sie sah auf dem Kaminsims nach, sie zog die Laden des Tisches auf, sie ging hinüber zum Fenster. Und gerade als sie den Krimskrams in einem Schränkchen am Fenster untersuchte, spürte sie, daß sie nicht mehr allein im Zimmer war.

Sie drehte sich mit einem Ruck um. In der Tür stand eine dunkle Gestalt.

»Suchen Sie etwas, Rachel?« fragte Daniel ruhig.

5. Kapitel

Er trat herein, vollkommen lautlos auf dem weichen Teppich, und schloß die Tür hinter sich. Der Hund schlug zur Begrüßung mit dem Schwanz gegen den Kamin, aber Daniel beachtete ihn nicht.

»Was tun Sie denn noch so spät hier unten?« Er sagte es höflich, aber eine gewisse Schärfe war nicht zu überhören.

Rachel kam sich sofort unterlegen vor. Er beherrschte schon wieder die Situation allein durch sein Erscheinen.

»Ich konnte nicht schlafen.« Ihre Finger zogen automatisch ihren Morgenmantel fester zusammen. »Ich kam herunter, um ein Buch zu lesen, das ich hier liegengelassen haben muß.«

»Ach so«, meinte er, und sie wußte, daß er ihr nicht glaubte. »Haben Sie es gefunden?«

»Nein. Nein, ich ...«

»Wie heißt es denn?«

Tödliche Pause. Ihr fiel weit und breit kein Titel ein.

»Ein Roman«, stammelte sie. »Ich habe den Titel vergessen. Ein dunkelgrüner Umschlag mit schwarzer Schrift.«

»Ich helfe Ihnen suchen.«

»Nein, bitte nicht ... Ich bin noch nicht einmal sicher, ob ich es wirklich hier liegengelassen habe.« Sie fühlte sich immer unbehaglicher. Am liebsten wäre sie aus dem Zimmer gerannt. Eine panische Angst ließ sie dem Ausgang zustreben, aber er war um drei Schritte schneller als sie an der Tür. Sie blieb stehen.

»Was ist los mit Ihnen?« fragte er. »Sie sehen sehr mitgenommen aus. Ist etwas passiert?«

Weil sie ihm unmöglich sagen konnte, daß sie Charles und Rebecca belauscht hatte, sagte sie das erstbeste, das ihr in den Sinn kam: »Und was tun Sie hier? Warum sind Sie noch auf?«

»Ich gehe nie vor Mitternacht schlafen«, sagte er kurzangebunden. »Ich habe in der Bibliothek gelesen. Und gerade als ich jetzt hinaufgehen wollte, hörte ich Geräusche aus diesem Zimmer.«

Sie war unfähig, irgend etwas zu äußern. Sie spürte nur, wie sie über und über rot wurde. Noch nie in ihrem Leben war sie so verwirrt und verlegen gewesen. Der Messinggriff der Tür fühlte sich kalt in ihrer heißen Hand an. Sie wollte ihn herumdrehen, aber er legte seine Hand auf die ihre und hinderte sie daran. »Ich möchte mit Ihnen reden.«

Das war jetzt keine Szene, die für Decima gespielt wurde. Decima war oben hinter ihrer verschlossenen Tür. So zweideutig er sich möglicherweise heute nachmittag im Steuerhaus benommen hatte, hier allein mit ihr in dem kleinen Salon bestand kein Grund für Zweideutigkeiten.

»Hat es nicht Zeit bis morgen?« fragte sie. »Ich bin müde.« Die übliche Mischung von Stolz, Furcht und anderen wirren Gefühlen überkam sie wieder und ließ sie diesen Rückzieher machen, obwohl sie sich sehnlichst wünschte, er würde ihr widersprechen und sie zu bleiben zwingen.

Dies war stets der Augenblick gewesen, wo die Männer, mit denen sie bisher zu tun gehabt hatte, sie beleidigt oder entmutigt allein ließen und sie ihre Worte bitter bereute. Keiner war bisher so zäh gewesen, ihre Zurückweisung einfach zu übergehen, oder hatte bemerkt, daß hinter ihrer ablehnenden Haltung nur eine große Unsicherheit verborgen war.

»Müde?« fragte Daniel. »Ich dachte, Sie können nicht schlafen und haben hier nach einem Buch gesucht? Setzen Sie sich doch und erzählen Sie mir, warum Sie so verschreckt aussehen.«

»Ach, es ist nichts«, meinte sie und ließ sich zögernd auf

einem Sofa neben dem Kamin nieder. »Es war so still im Haus, daß ich anfing, Gespenster zu sehen.«

Er setzte sich neben sie. Die Federung des alten Sofas quietschte leise unter seinem Gewicht.

»Hat Decima etwas gesagt?«

»Über die Szene im Steuerhaus? Nein, nichts.«

»Gar nichts?«

»Nein.«

Er war also nur an Decima interessiert, an ihrer möglichen Reaktion auf die Szene im Steuerhaus. Blind vor Enttäuschung stand sie auf und ging schnell zur Tür. »Entschuldigen Sie, ich muß wirklich gehen, das Buch wird sich schon finden.«

Aber er war auch aufgestanden und folgte ihr. Nur weg von ihm, war ihr einziger Wunsch. Eilends wollte sie die Halle durchqueren, als sie zu ihrem Schrecken Charles und Rebecca aus dem Arbeitszimmer von Charles kommen sah.

Sie blieb stehen.

Auch Daniel hinter ihr rührte sich nicht. Sie hörte seinen Atem. Charles und Rebecca waren gegenüber stehengeblieben. Charles hatte seine Hand noch am Türgriff, Rebeccas Gesicht glühte. Sie starrte auf Rachel.

Keiner sagte etwas. Dann meinte Charles:

»Sieh einer an, ihr seid auch noch auf! Oder bist du schon im Bett gewesen, Rachel?« Er hatte ihren nicht sehr eleganten Morgenmantel bemerkt.

Rachel spürte, daß ihre Wangen noch von der Unterhaltung mit Daniel glühten, und ihr wurde noch heißer bei dem Gedanken, daß Charles und Rebecca zweifellos annehmen würden, sie und Daniel hätten soeben ein zärtliches Rendezvous im Salon gehabt.

»Rachel hat ein Buch gesucht, das sie am Abend irgendwo hat liegenlassen«, sagte Daniel ruhig und ging lässig auf seine Schwester zu. Wieder einmal beherrschte er auf unaufdringliche Weise die Situation. »Gehst du mit hinauf, Rebecca, oder sehen wir uns erst morgen früh?«

In dem sanften Ton der Frage lag die Nuance einer Schärfe, die Charles nicht überhören konnte.

»Was soll das heißen?« fragte Charles etwas zu schnell. »Was willst du damit sagen?«

»Nichts. Nur, daß ich jetzt ins Bett gehe und wissen wollte, ob Rebecca auch schon schlafen geht. Was sollte ich sonst meinen?« Er mokierte sich über Charles, verwickelte ihn in Wortspielereien. »Gute Nacht.«

»Warte!«

»Ja, bitte?«

Charles schwieg, nach einem Blick auf Rachel. Alle waren peinlich berührt.

»Gute Nacht«, murmelte Rachel und hastete, ohne die anderen noch einmal anzusehen, die Treppe hinauf und den Gang entlang. Sie spürte die fragenden Blicke in ihrem Rücken, bis sie endlich ihr Refugium erreicht hatte. Sie riß die Tür auf und warf sie dann erleichtert hinter sich ins Schloß.

Sie fiel in einen Sessel und wartete, bis sich ihr Atem beruhigt hatte. Dann trat sie wieder leise auf den Gang hinaus. Sie mußte Decima von dem Gespräch zwischen Charles und Rebecca erzählen. Vor Decimas Zimmertür blieb sie stehen und lauschte auf die Stimmen von unten. Vorsichtig beugte sie sich über die Balustrade, aber es war niemand in der Halle. Sie mußten zurück in das Zimmer von Charles gegangen sein oder in die Bibliothek. Sie hörte zwar, daß sie ziemlich laut diskutierten, aber sie verstand kein Wort. Rachel zögerte, aber die Gelegenheit, ungestört mit Decima zu reden, war jetzt sicher günstig. Sie ging zurück zu der verschlossenen Tür.

»Decima! Decima! Wach auf!« Sie pochte an die Tür.

Dann hörte sie ein Geräusch und sah einen Lichtschein unter der Tür.

»Rachel?« fragte Decima leise von innen.

»Ja. Machst du auf?«

»Einen Augenblick.«

Wieder Geräusche, das Näherkommen von Schritten, der Schlüssel drehte sich im Schloß, Decima stand auf der Schwelle. »Was ist?« Ihre Stimme klang feindselig. »Was willst du?« Diese Begrüßung hatte Rachel nicht erwartet. »Kann ich einen Augenblick hereinkommen?« fragte sie etwas gezwungen.

Decima öffnete wortlos die Tür.

»Ist etwas passiert, Decima?«

»Nein, nichts.« Sie wandte sich ab und ging zu ihrem Bett.

»Ich habe mir nur vorgenommen, keinen mehr in mein Zimmer zu lassen vor der Party.«

»Mich auch nicht?«

»Dich auch nicht.«

»Dann hast du also kein Vertrauen mehr zu mir?« fragte Rachel ziemlich ärgerlich. »Decima! Doch nicht wegen Daniel!«

»Hast du dich etwa nicht in ihn verliebt?« brauste Decima auf und wandte sich ihr mit einem Ruck wieder zu. »Na, stimmt's oder stimmt's nicht? Es stimmt! Und deshalb habe ich kein Vertrauen mehr zu dir.«

»Du bist verrückt!« sagte Rachel kühl. »Um Himmels willen, Decima, nimm dich zusammen! Sei nicht melodramatisch!«

»Ausgerechnet du wirfst mir Melodramatik vor?« schrie Decima wütend. »Du mit deiner jungfräulichen Schwärmerei . . .«

Rachel drehte sich abrupt um und ging auf die Tür zu. »Das reicht, danke!«

»Langsam glaube ich, Rohan ist der einzige, dem ich noch vertrauen kann«, sagte Decima mit zornig blitzenden Augen. »Er haßt Daniel.«

Aber Rachel hörte nichts mehr. Sie war so wütend, daß sie die Tür heftig hinter sich warf. Und erst in ihrem Zimmer fiel ihr ein, daß sie nun zu Decima kein Wort über Charles und Rebecca gesagt hatte.

Bei dem Gedanken an Charles und Rebecca erinnerte sie sich an den Streit, den sie vor ein paar Minuten von unten gehört hatte, und sie grübelte darüber nach, was sie sich wohl alles an den Kopf geworfen hatten, unten in der Bibliothek.

Am nächsten Morgen wachte Rachel wieder sehr früh auf. Eine Weile lag sie wach und lauschte. Es war noch still im Haus. Sie ertrug es nicht länger liegenzubleiben, sprang aus dem Bett und zog die Vorhänge auseinander. Der Morgen war kühl und etwas diesig. Eine bleiche Sonne behauptete sich noch gegen die vom Atlantik heraufziehenden Wolken. Jetzt lag über dem Moor noch ein grüner Hauch, und das Meer schimmerte blauschwarz, bald würde alles grau in grau sein.

Rachel ging die Treppen hinunter. In der Küche war die Haushälterin schon tätig und gab Rachel heißes Wasser. Denn sie hatten zwar hier im Erdgeschoß fließendes Wasser, aber zum Baden und Waschen mußte es in der Küche erhitzt und in die Baderäume nebenan transportiert werden. Während Rachel zwei riesige Krüge voll von dampfendem Wasser ins Bad schleppte, dachte sie, daß alle Menschen, die sich so geringschätzig über die Errungenschaften des zwanzigsten Jahrhunderts zu äußern pflegten, eine Zeitlang in so einem Haus ohne fließendes heißes Wasser und ohne Elektrizität leben müßten. Als sie schließlich fertig angezogen war, war es noch immer sehr früh, für Decima sicher zu früh. Wahrscheinlich war überhaupt noch niemand auf. Sie ging wieder in die Küche hinunter. Auch die Haushälterin war verschwunden. Auf dem Herd kochte auf kleiner Flamme ein Haferbrei. Rachel aß ein wenig davon und setzte dann Wasser für Tee auf. Sie konnte ungestört ihr Frühstück beenden und wollte gerade das Geschirr abwaschen, als sie Schritte hörte und Charles in die Küche kam.

Er sah sie und blieb fast erschrocken stehen. Charles wirkte müde, dachte sie. Um seinen Mund waren scharfe Falten, und dunkle Ringe lagen unter seinen Augen. Er sah wie ein Fünfzigjähriger aus und nicht wie knapp vierzig.

»Ach, Sie sind's!« sagte er. »Ist Mrs. Willie nicht da? Ich muß wegen heute abend mit ihr reden.«

»Vorhin war sie noch da.«

»Vielleicht ist sie noch einmal nach Hause gegangen, um Willie sein Frühstück zu machen.«

Er trat zum Herd und sah ohne Begeisterung in den Topf mit Haferbrei. Dann starrte er wortlos zum Fenster hinaus.

Rachel war es unbehaglich zumute. Sie hätte sich gern zurückgezogen, wollte aber anderseits nicht unhöflich sein. Sie ging gerade langsam auf die Tür zu, als Charles plötzlich sagte: »Ich würde gern mit Ihnen reden. Machen Sie mit mir einen Spaziergang übers Moor?«

»Ja . . . ja, gerne«, sagte sie überrascht. »Jetzt gleich, meinen Sie?«

»Wenn Sie nichts dagegen haben.«

»Nein, natürlich nicht. Ich laufe nur hinauf und hole meinen Mantel.«

Es schien noch immer niemand aufgestanden zu sein. Kein Laut war zu hören. Sie nahm ihren Regenmantel, warf ihn um die Schultern und ging wieder hinunter in die Küche. Was mochte Charles ihr zu sagen haben?«

Er stand immer noch beim Fenster, die Hände in den Hosentaschen. Als er sie kommen hörte, drehte er sich um. »Fertig?«

Sie nickte.

»Gut, gehen wir!« Er ging voran; die weiche Hochlandluft strich ihr angenehm über die Wangen, als sie ins Freie hinaustrat. Sie holte tief Atem und folgte Charles über den Hof an der Nordseite des Hauses. Sie gingen einen Hang hinauf an einer weidenden Kuh und einer Sau mit sechs Ferkeln vorbei. Dann kamen sie zu dem kleinen Haus, in dem Willie mit seiner Frau wohnte. Sie hatten dort einen kleinen Kartoffelacker angelegt und ein paar Kohlköpfe gepflanzt. Und dann führte Charles sie hinaus aufs Moor und hinüber zu einer Klippe über dem Strand.

»Ich wollte aus dem Haus heraus«, sagte er. »Hier kann uns keiner belauschen.«

Da sie sofort an den gestrigen Abend dachte, wurde Rachel dunkelrot vor Verlegenheit. Glücklicherweise ging er vor ihr und bemerkte nichts. Der Weg führte jetzt auf der Klippe entlang, von links kam das Tosen der Brandung, rechts ragte der Berg auf, kahl und felsig.

Charles hielt plötzlich an. Sie standen inmitten von Felsbrocken, Relikten einer alten Wohn- oder Kultstätte. Charles setzte sich auf einen der Steine.

»Zigarette?«

»Danke, nein.«

Sie sah ihm zu, wie er die Zigarette anzündete und das Streichholz über die Klippe warf. Das Flämmchen erstarb in einer zart gekräuselten Rauchfahne.

Charles ließ sich Zeit. »Warum hat Decima Sie eingeladen?« fragte er endlich.

Verzweifelt suchte Rachel nach einer plausiblen Erklärung. »Wir sind alte Freundinnen . . . Sie wollte mich wieder einmal sehen, und jetzt an ihrem Geburtstag . . .«

»Das glaube ich nicht«, sagte Charles. »Nicht daß Sie lügen, aber ich glaube, Sie irren sich. Ihr seid zu verschieden. Ich kann mir nicht vorstellen, daß sie nur diese alte Schulfreundschaft erneuern wollte.«

»Aber . . .«

»Decima hat Sie doch seit ihrer Hochzeit nicht mehr gesehen, nicht? Warum sollte sie plötzlich jetzt das Bedürfnis haben?«

»Tut mir leid, Charles, ich weiß nicht, worauf Sie hinaus wollen. Soweit ich weiß . . .«

»Aber Sie wissen ja so wenig, nicht wahr?« sagte er. »Sie wissen im Grunde gar nichts.« Sie sah erschreckt, daß seine Hand mit der Zigarette zitterte. Sie sagten beide nichts. »Ich habe mich sehr dumm benommen«, meinte er schließlich. »Ich war verrückt. Aber es ist nicht immer leicht, sich so klug und so weise zu verhalten, wie es der Vorstellung entspricht, die man von sich hat. Und manchmal merkt man erst, wie dumm man war, wenn es zu spät ist.«

Ihr fiel nichts ein, was sie darauf hätte sagen können. Unterhalb der Klippen dröhnte die See, und am Horizont ballten sich die Regenwolken.

»Ich habe ein Verhältnis mit Rebecca gehabt«, sagte er plötzlich. »Sie wissen es ja ohnedies. Daniel hat mir gesagt, er hat Sie gestern an meiner Tür stehen sehen.«

»Ich . . .« Vor Verlegenheit und Scham kam sie nicht weiter. Sie konnte ihn nur entsetzt anstarren. Wie konnte Daniel nur . . .

»Daniel war sehr erregt«, sagte Charles, als ob er damit alles erklärte. »Wir waren alle sehr erregt. Wir haben uns bis zur totalen Erschöpfung gestritten. Am Ende wußte ich, daß ich Narr mir sechs Wochen lang etwas vorgemacht hatte. Jetzt möchte ich nur eins wissen, was hat Decima Ihnen gesagt, und warum sind Sie hier? Und ich will Ihnen sagen, wie es wirklich um uns steht.«

Seine Aufrichtigkeit tat Rachel fast weh. Sie konnte ihn kaum ansehen.

»Ich liebe Decima«, sagte er. »Ich glaube, ich liebe sie jetzt sogar mehr als vor unserer Heirat. Sie werden das nicht glauben wollen, denn wir haben ja wirklich wenig Gemeinsames, wir haben verschiedene Interessen, kommen aus verschiedenen Gesellschaftsschichten, gehören sogar verschiedenen Generationen an. Aber das ist alles unwesentlich. Nach dem entsetzlichen Streit letzte Nacht mit den Careys wurde mir klar, daß sich trotz allem Vorgefallenen nichts zwischen uns geändert hat. Ich würde nie und nimmer einer Scheidung zustimmen. Warum sollte ich? Unsere Ehe ist zwar ein reiner Hohn, aber ich habe Decima lieber so als gar nicht.« Er saß da, wie zusammengesunken, und starrte regungslos auf die Zigarette in seiner Hand. »Unser Verhältnis ist aber momentan so schlecht, daß es kaum noch schlechter werden kann. Ich habe die ganze Nacht darüber gegrübelt, was ich tun könnte. Wenn ich mit Decima eine Zeitlang aus England fortgehen könnte, vor allem von hier weg, aus diesem schrecklichen Gefängnis, dann könnte es vielleicht wieder besser werden mit uns. Denn hier vergißt man ja völlig, was ein normales Leben unter normalen Bedingungen heißt. Anderswo könnten wir uns vielleicht wieder aneinander gewöhnen und sogar daran denken, Kinder zu haben. Und dann könnten wir uns vielleicht in der Nähe von Oxford auf dem Land niederlassen. Es gibt dort so schöne Häuser nördlich von Banbury.«

»Decima wird Roshven niemals verlassen«, sagte Rachel.

»Sie will nicht, sie will nicht mit dem normalen Leben konfrontiert werden, verstehen Sie? Sie hatte eine so furchtbare Kindheit und Jugend, als sie mit ihrer verrückten Mutter durch die ganze Welt reisen mußte, daß sie alles vermeiden will, was nur von ferne daran erinnert. Aber wenn man ihr nur zeigen könnte, daß das Leben unter Menschen gar nicht so entsetzlich sein muß, dann würde sie vielleicht zustimmen, in der Nähe von Oxford zu leben. Im Augenblick will sie von der Welt nichts wissen und vergräbt sich hier in diesem Grab, indem sie sich selbst zerstört, mich zerstört und alles zerstört, was mir am Herzen liegt.«

»Aber Charles, Sie sprechen von Decima, als ob sie nicht ganz bei Verstand wäre!«

»Ist sie es denn?« Er sah angestrengt aus. »Welches einundzwanzigjährige Mädchen, dem die Welt zu Füßen liegen könnte, würde sich in ein solches Gefängnis zurückziehen? Welche normale junge Frau will schon nach sechs Monaten nichts mehr von ihrem Mann wissen? Ich habe sie gebeten, einen Arzt zu konsultieren, aber das hat sie abgelehnt. Sie zog sich immer weiter von mir zurück und verschanzte sich hinter einer Mauer von Vorwürfen. Und dennoch liebe ich sie! Ich habe immer wieder versucht, sie davon zu überzeugen, aber vergeblich. Ich erfülle ihr jeden Wunsch, ich gab viel zuviel Geld für sie aus, und der Erfolg war, daß sie nur jammerte, über das Leben in Oxford und über meinen Freundeskreis dort. Es schien ihr Spaß zu machen, mich in Verlegenheit zu bringen und mich so unglücklich wie möglich zu machen. Letzten Winter ließ ich sie nach Roshven vorausfahren, um alles für Weihnachten vorzubereiten, aber dann habe ich sie so vermißt, daß ich mir geschworen habe, mich niemals mehr von ihr zu trennen. Ich kann Ihnen gar nicht sagen, wie traurig und hoffnungslos unsere Situation oft war. Ich wußte nicht, daß man so unglücklich sein kann.

Aber wir blieben zusammen, manche Tage waren schlechter, manche besser. Und als Daniel diesen Sommer schrieb, er und Rebecca kämen nach Schottland, lud ich sie nach Roshven ein und hoffte, die beiden könnten Decima durch ihr normales, natürliches Verhalten helfen.

Ich glaube, es ist nicht weiter erstaunlich, daß mir Rebecca gefiel. Sie ist genau das Gegenteil von Decima, intellektuell, leidenschaftlich, stark. Sie interessiert sich für meine Arbeit, genießt es, mit mir zusammen zu sein, und bewundert mich offensichtlich. Sie können sich vorstellen, was das für mich hieß nach dem Leben, das ich mit Decima führte. Natürlich ist das keine Entschuldigung, aber Rebecca gab mir alles, was ich zwei Jahre lang vermißt hatte. Da verlor ich einfach den Verstand. Ich sah auch nicht mehr, was um mich herum vorging. Ich bemerkte nicht, daß Daniel sich in Decima verliebte und daß sie mit ihm zu spielen begann. Ich war von Oxford her gewöhnt, ihre Flirts nicht zu beachten, und ich war gewöhnt daran, daß die meisten Männer meine Frau attraktiv fanden. Selbst wenn ich es gemerkt hätte, ernst genommen hätte ich es wahrscheinlich nicht. So wurde das Spiel zwischen Decima und Daniel immer ernster, ernster als sie wollte. Daniel war nicht wie diese jungen Studenten, die sie in Oxford an der Nase herumführte. Daniel war nicht der Mann, der nach ihrer Pfeife tanzte. Er wußte genau, was er wollte, und wenn sie sich weigerte, das Spiel nach seinen Regeln zu spielen, war er sicher der letzte, der dann nachgab!«

»Dann hatte also Daniel gar kein Verhältnis mit Decima«, sagte sie erleichtert.

Charles hob erstaunt die Augenbrauen. »Sie haben mich mißverstanden. Ich muß mich schlecht ausgedrückt haben. Decima wollte mit Daniel flirten und sich mit ihm amüsieren, ohne mit ihm ins Bett zu gehen. Aber Daniel war nicht daran interessiert, lediglich Decimas Eitelkeit zu befriedigen. Deshalb übernahm er die Führung und stellte ihr seine Bedingungen. Und Decima war darüber so fassungslos, daß sie seine Bedingungen annahm.«

»Aber Decima ist doch immer so beherrscht und kühl! Sie haben es selbst gesagt! Ich kann nicht glauben, daß sie mit Daniel ein Verhältnis hat! Ich kann es nicht glauben!«

»Aber meine Liebe, er hat es mir doch letzte Nacht gesagt, daß sie zusammen geschlafen haben!«

Die Brandung dröhnte ihr plötzlich so unerträglich laut in die Ohren, daß sie sich instinktiv abwandte und starr den Berg fixierte.

»Gestern nacht, als Sie hinaufgegangen waren, haben wir uns noch einmal in mein Zimmer gesetzt. Mir war nun klar, daß Daniel alles über Rebecca und mich wußte, und ich ärgerte mich über meine Ahnungslosigkeit. Und dann sagte er, daß nicht nur er, sondern alle es wüßten, sogar auch Sie, denn er hätte Sie an meiner Tür lauschen gesehen. Darüber wurde ich natürlich noch ärgerlicher, und schon begannen wir zu streiten. Rebecca versuchte meine Partei zu ergreifen, aber er ließ sie nicht zu Wort kommen, sie würde sich ja auch eher mit dem lieben Gott als mit ihm auseinandersetzen, und so sprach nur mehr er allein. Ich kam mir vor wie auf der Anklagebank.

Anfangs war ich so wütend, daß ich kaum ein Wort von dem verstand, was er sagte. Dann wurde mir langsam bewußt, daß er in vielem recht hatte, und ich begann mich sehr scheußlich zu fühlen. Er sagte, ich sei schuld an der Situation in Roshven und daran, wie sich Decima benahm. Ich hätte mich seiner Schwester gegenüber wie ein alter Esel benommen. ›Du jammerst meiner Schwester vor, wie unverstanden du bist, aber was hast du denn getan, um das Verhältnis mit deiner Frau zu verbessern?‹ fragte er mich. ›Du hast dich begnügt, sie ihren Weg gehen zu lassen, und bist den deinen gegangen. Du beklagst dich über die mangelnde Gegenliebe deiner Frau, aber was hat sie denn von dir bekommen außer der Ehre, deinen Namen zu tragen und in deinen akademischen Zirkeln verkehren zu dürfen.

Ein zweifelhaftes Vergnügen. Hast du etwas unternommen gegen ihre Flirts in Oxford? Nein, wie ein Voyeur hast du genußvoll ihren Spielereien zugesehen und wie sie ihre Bewunderer am Ende abfahren ließ. Das hat dir sehr gefallen, denn du warst so selbstzufrieden, so sicher, daß deine schöne Frau dich nie betrügen würde! Du sonntest dich in der Bewunderung der anderen Männer. Und dabei hat sie sich nur mit anderen amüsiert, weil sie sich bei dir langweilte.‹

Da konnte ich mich nicht länger zurückhalten und schrie Daniel an: ›Wie kommst du dazu, mir Strafpredigten zu halten. Du bist hier als mein Gast und hast auf die abscheulichste Weise meine Gastfreundschaft mißbraucht, oder glaubst du, ich hätte deinen Flirt mit Decima nicht bemerkt?‹ Ehrlich gesagt, ich hatte nichts bemerkt. Erst Rohan hat es mir gestern morgen gesagt. Aber auch dann hielt ich es noch immer für einen unwichtigen Flirt und wollte wegen Rebecca keinen Krach mit Daniel anfangen. ›Willst du etwa leugnen, daß du nicht versucht hast, mit Decima zu schlafen?‹ schrie ich ihn an. ›Na, stimmt es etwa nicht?‹

›Es stimmt‹, hat er mir darauf kalt und höhnisch erwidert. ›Ich denke gar nicht daran, es zu leugnen. Warum sollte ich? Ich hoffe, ich habe euch beiden damit eine Lehre erteilt, Charles! Es war höchste Zeit, daß Decima am eigenen Leib erfuhr, was es heißt, als Spielpuppe benutzt zu werden, höchste Zeit, daß sie einmal selbst die Medizin kostet, die sie sonst immer anderen verabreicht. Und es war auch höchste Zeit, daß endlich deine Mauer aus Eitelkeit und Egoismus fällt, die du so schön um dich herum aufgebaut hast; daß du endlich merkst, daß deine Frau keineswegs so kalt ist, wie du gerne behauptest!‹

Ich begriff nicht gleich, was er damit meinte, und fragte: ›Was meinst du damit?‹

Und er sagte: ›Du nimmst wohl selbst nicht an, daß mich

irgendeine Frau als Spielzeug benutzen kann, nicht? Ich pflege meine Bedingungen zu stellen, und Decima hat nicht lange gezögert, sie anzunehmen. Und jetzt ist sie meine Geliebte.‹ Ich muß ihn ziemlich fassungslos angestarrt haben. Dieser Mann hatte mir meine Frau weggenommen, und ich hatte es nicht bemerkt, weil ich nur noch Augen hatte für eine andere Frau. Mir kam vor, als hätte er mir mit einer groben Axt meine Welt zertrümmert. Erst nach einer Weile brachte ich es fertig zu sagen: ›Ihr werdet dieses Haus am Sonntagmorgen verlassen, und ich will euch nie wieder sehen.‹ Ich habe sie stehengelassen und bin, ich weiß nicht wie, in mein Zimmer getaumelt.

Natürlich konnte ich nicht schlafen. Je mehr ich über Daniels Worte nachdachte, um so wahrer kamen sie mir vor. Sobald die Careys abgereist sind, will ich mit Decima weg von hier und noch einmal ganz neu mit ihr beginnen. Gestern nacht wurde mir erst richtig bewußt, wie sehr ich sie liebte und wie seicht dagegen die Beziehung zu Rebecca war.«

Er schwieg. Die Wolken hatten sich jetzt vor die Sonne geschoben und hüllten auch schon die Bergspitzen ein.

»Wie hat Rebecca reagiert, als Sie sagten, beide müßten Roshven am Sonntag verlassen?« hörte sie sich fragen. »War sie nicht sehr aufgebracht?«

»Ich habe mich nicht darum gekümmert.« Er vergrub das Gesicht in seinen Händen. »Rohan hat recht gehabt«, sagte er und schaute auf. »Er konnte sie von Anfang an nicht leiden. Es gibt solche Menschen, die müssen immer etwas zerstören, überall, wo sie auftauchen, und sie hinterlassen überall, wo sie waren, eine Spur von Unheil. Aber wenn sie erst einmal von hier verschwunden sind, finden wir vielleicht zum normalen Leben zurück.«

Es fing zu regnen an. Der leichte Sprühregen tat gut auf der Haut. Rachel hielt ihr Gesicht in den Wind.

Charles stand auf. »Wir gehen besser nach Hause.«

Sie gingen über die Klippen zurück. Eine Zeitlang schwiegen sie.

»Vielleicht hätte ich Sie nicht mit all dem belasten sollen«, sagte Charles dann, »aber ich hielt es für wichtig, daß Sie die Wahrheit kennen und sich kein falsches Bild machen.«

»Ja«, sagte Rachel, »ich danke Ihnen.«

»Mit mir redet sie ja momentan nicht. Hat sie Ihnen etwas gesagt?«

»Nein, sie wollte auch mit mir gestern nicht reden. Sie hatte sich über Daniel geärgert, glaube ich.«

»Das kann ich mir denken«, sagte Charles. »Wenn die Careys nur schon weg wären. Und wenn wir diese verdammte Party heute abend ausfallen lassen könnten. Aber wir haben so viele Leute von auswärts eingeladen, daß wir ihnen nicht mehr absagen können.«

»Wenn Sie sofort anrufen?«

»Wir haben kein Telefon in Roshven.«

»Wie dumm von mir, das habe ich vergessen.« Nach ein paar Schritten fragte Rachel: »Sie fragten mich vorhin, warum Decima mich nach Roshven eingeladen hat. Was glauben Sie?«

»Vielleicht hat sie daran gedacht, mich zu verlassen und Daniel zu heiraten. Sie mußte aber annehmen, daß ich mich nicht scheiden lassen würde, deshalb brauchte sie einen Zeugen für meinen Ehebruch mit Rebecca. Da Rohan niemals gegen mich aussagen würde, ist sie auf Sie gekommen.«

»Aber wußte sie denn von Rebecca? Ich dachte, sie hat keine Ahnung.«

»Doch, sie wußte es von Anfang an. Das hat mir Daniel gestern gesagt. Und sie hat sich heimlich darüber amüsiert«, fügte er bitter hinzu. »Ich muß mich ziemlich blöd benommen haben, daß sogar Decima es bemerkt hat, die sonst nie merkt, was um sie her vorgeht.«

In Decimas Augen, dachte Rachel, hätte Charles somit ein Motiv mehr, sie umbringen zu wollen, denn dann würde er ihr Geld erben und Rebecca heiraten können. Seltsam war nur, daß sie Rachel gegenüber nichts davon erwähnt hatte. Vielleicht aus Stolz. Daß ihr Mann sie betrügt, muß sie schwer getroffen haben, und wenn sie sich noch so amüsiert darüber geäußert hat.

Trotzdem konnte sich Rachel jetzt unmöglich vorstellen, daß Charles sie ermorden wollte. Vielleicht war es doch nur eine fixe Idee von Decima. Vielleicht war sie wirklich nicht ganz bei Verstand.

Sie werden dich aufhetzen gegen mich, hatte Decima gesagt. Sie werden dich zu meinem Gegner machen, weil du die einzige bist, der ich trauen kann.

»Ich weiß nicht, was nun wirklich wahr ist«, sagte Rachel plötzlich verzweifelt. »Was soll ich nur tun?«

Charles sah sie erschreckt an. Täuschte sie sich, oder betrachtete er sie plötzlich mißtrauisch? Vielleicht hatte er ihr die ganze Szene nur vorgespielt, um sie zu täuschen?

»Es ist nichts«, sagte sie schnell, »ich bin nur etwas durcheinander.«

»Das glaube ich, es tut mir leid. Ich habe nicht daran gedacht, daß Sie wahrscheinlich sehr an Decima hängen und ungern Negatives über sie hören.«

Rachel antwortete nicht.

Sie sahen schon das Haus und gingen an Willies Anwesen vorbei den Weg hinunter zum Hinterhof. Dort nahm Mrs. Willie gerade Wäsche ab. Als sie Charles kommen sah, ging sie zum Hintereingang und wartete auf ihn.

»Mrs. Willie will mir anscheinend etwas sagen«, meinte Charles. »Hoffentlich ist nichts passiert.«

Sie gingen über den Hof zur Tür. »Gut, daß Sie da sind,

Herr Professor«, rief ihnen Mrs. Willie entgegen. Durch die Aufregung wurde ihr weicher Hochlandakzent so breit, daß er irisch klang. »Was soll ich jetzt für das Abendessen vorbereiten? Mrs Mannering ist mit dem Boot weggefahren, ohne mir zu sagen, was ich tun soll, und ich muß ja . . .«

»Weggefahren?« rief Charles bestürzt. »Wann denn, um Himmels willen?«

»Ungefähr vor zehn Minuten, Herr Professor. Ich hörte den Motor, aber da war sie schon vom Steg weg.«

»Allein?«

»Nein, Herr Professor, mit Mr. Quist.«

Charles faßte sich schnell und ging mit Mrs. Willie in die Küche. Sie schauten durch, was für abends eingekauft worden war, und besprachen die Zubereitung des Wildbrets. Rachel zögerte einen Augenblick, dann ging sie ums Haus herum nach vorne. Weit und breit war kein Motorboot zu sehen. Bis zum Horizont nur Wasser, kein Punkt, nichts. Rachel konnte sich nicht erklären, wo Decima und Rohan hingefahren sein mochten und warum sie sich gerade diesen Morgen vor der Party für einen Ausflug gewählt hatten, da man sie zu den Vorbereitungen doch dringend brauchte. An der Stelle von Charles wäre ich sehr ärgerlich, dachte Rachel.

Sie hörte ihren Namen rufen. Als sie sich umdrehte, kam Charles hinter dem Haus hervor, und sie ging ihm entgegen.

»Nichts zu sehen?« fragte er. Und als sie den Kopf schüttelte, sagte er mühsam beherrscht: »Ich weiß nicht, wo, zum Teufel, sie hin sind, ich kann nur hoffen, sie sind bald zurück. Das beste ist, wir bereiten schon alles vor, soweit wir eben können.«

»Ja, ja, natürlich . . . Was kann ich tun?«

»Sonst bitte ich ja meine Gäste nicht um Hilfe, aber heute . . . Ich würde Sie bitten, vielleicht ein paar Blumen zu pflücken und damit die Halle zu schmücken, ja? Wir wollen ja heute in der Halle essen. Ich werde Daniel fragen, ob er mir hilft, den Tisch aufzustellen . . . Können Sie die Blumen übernehmen?«

»Natürlich, Charles. Und sagen Sie mir dann, was Sie noch brauchen.«

Er ging ins Haus hinein, und sie schaute sich die Blumenbestände in dem etwas verwilderten Garten an. Es war schon spät im Jahr, der Sommer hatte das Hochland schon verlassen, so fand sie nur noch wenige blühende Blumen. Im Schutz einer Mauer blühten noch ein paar blaue Stauden. Aber die Stengel waren so fest, daß sie in der Küche eine Schere holen mußte. Es regnete ein wenig, der Himmel hing voll schwerer Wolken, die der Seewind heranblies, und die wenigen hellen Streifen waren von einem kalten Blau.

Charles und Mrs. Willie waren in der Speisekammer. Rachel fand eine große Schere in einer der Schubladen des Küchentisches und ging zurück durch die Halle. Sie bewegte sich wie in einem Traum. Sie fühlte sich vollkommen hilflos und hatte Angst vor dem, was ihnen die nächsten Stunden bringen würden. Mitten in der großen Halle blieb sie stehen, denn sie hatte ein Weinen gehört.

Die Tür des kleinen Salons stand einen Spalt offen. Mit leichtem Fingerdruck verbreiterte sie den Spalt und sah in den Salon.

»Danny?« fragte Rebecca, als sie sah, daß jemand an der Tür war; dann bemerkte sie Rachel, drehte sich wortlos zur Seite und vergrub ihr Gesicht in den Armen.

Rachel wußte nicht, ob sie nähertreten oder lieber weggehen sollte. Zögernd blieb sie an der Tür stehen, die Hand am Türgriff, und sagte nur: »Kann ich etwas für Sie tun? Soll ich Daniel suchen gehen?«

Rebecca blitzte sie so wütend an, daß Rachel erschrak. »Sie!« schrie Rebecca. »Sie haben genug Schaden angerichtet! Lassen Sie Daniel in Ruhe! Ständig müssen Sie herumspionieren! Hat Decima Sie deshalb eingeladen? Damit Sie Charles und mich beobachten, ja? Damit Decima seinen Namen durch den Dreck ziehen kann, wenn sie endlich einen Zeugen hat für eine Scheidungsklage, ja? Und jetzt haben Sie auch noch Charles gegen mich aufgebracht und Decima gegen Daniel, denn Daniel wollen Sie selber haben, oder etwa nicht? Sie dumme Närrin! Meinem Bruder sind Sie doch alle beide ganz gleichgültig! Meinen Sie, er findet was an Decima, dieser kalten, oberflächlichen Person, dieser Nymphomanin! Oder etwa an Ihnen? Glauben Sie das wirklich? Dazu sind Sie ihm viel zu altmodisch und altjungferlich und viel zu ungebildet!«

Rachel fand endlich ihre Sprache wieder. »Sie sind ja völlig übergeschnappt«, brachte sie schließlich stockend und heiser heraus. »Sie sind dermaßen verliebt in Ihre Rolle als tragische Heldin, daß Sie gar nicht sehen wollen, was um Sie her wirklich vorgeht!« Sie preßte vor Erregung ihre Hände so fest zusammen, daß die Nägel sie schmerzten. »Ich habe nie hinter Charles und Ihnen herspioniert! Mir ist doch ganz egal, ob Sie es wirklich für nötig halten, einen verheirateten Mann zu verführen, im Namen der freien Liebe oder einer anderen Pseudophilosophie. Was geht mich das an? Wenn Sie wirklich denken, Decima hätte mich gebeten, hinter Ihnen herzuspionieren, sind Sie total verrückt. Decima war ja viel zu beschäftigt mit Daniel, um sich darum zu kümmern, was Sie inzwischen mit ihrem Mann trieben. Sie hat mich nur hierher eingeladen, um Rohan von ihr abzulenken. Und wenn Sie glauben, ich interessiere mich für einen Mann, der mit der Frau seines Gastgebers schläft und so nebenbei auch noch mit jeder anderen, die ihm zur Verfügung steht, dann sind Sie auf dem Holzweg! Sie können Ihren geliebten Bruder für sich behalten! Ziehen Sie mit ihm so schnell wie möglich ab, ich bin froh, wenn ich Sie nie wieder sehe!«

Rebecca war aufgesprungen. Sie war aschfahl im Gesicht, und ihre dunklen Augen glühten. »Das waren auch Charles' Worte!« flüsterte sie. Und dann schrie sie mit verzerrtem Gesicht und vor Wut ganz schmalen Augen: »Ich hasse Sie alle miteinander! Ich hasse Decima und ich hasse Sie und ich hasse diesen blöden Quist und ich hasse Charles, am meisten hasse ich Charles! Charles Mannering, der berühmte, vornehme Professor, dieser verlogene, schwache, feige Lump, dem alles so leid tut, ja, so leid, aber es sei ein Fehler gewesen, ein Irrtum, er will sich doch nicht scheiden lassen und mich heiraten, es tut ihm ja so leid, aber jetzt will er mich nicht wiedersehen, denn ich habe ja meinen Zweck erfüllt, als wäre ich irgendso eine alberne kleine Studentin aus Oxford! Es tut ihm so leid, sagt er! Mein Gott, es soll ihm leid tun! Ich will ihm zeigen, was leid tun heißt. Ich will . . .«

Sie brach ab.

»Du solltest in dein Zimmer gehen, Rebecca!« sagte Daniel ruhig und schloß die Tür. »Wir fahren ja erst morgen. Das scheinst du vergessen zu haben.«

Keiner sagte etwas. Rebecca starrte Daniel an. Rachel mußte sich plötzlich setzen. Daniel hielt plötzlich seiner Schwester die Hand hin.

»Komm, ich bring dich hinauf.«

»Es geht schon.« Sie weinte. Daniel öffnete ihr die Tür.

»Ich komm gleich nach.«

Sie antwortete nicht. Rachel hörte sie schluchzen, während sie zur Treppe ging. Dann schloß Daniel die Tür, und es war still.

»Ich habe mich anscheinend geirrt«, sagte er nach einer Weile.

Sie sah ihn verständnislos an. Draußen schien der Sturm loszubrechen, Regen peitschte gegen das Fenster.

»Ich habe Sie falsch eingeschätzt.« Er ging zum Kamin, blieb dort stehen und sah sie an. »Sie haben Charles etwas über Decima und mich gesagt, nicht?«

Sie war wie magnetisiert durch seine Ruhe. Entsetzt spürte sie, wie sehr er seine Wut beherrschte. »Nein«, hörte sie sich sagen. »Charles weiß es von Rohan. Ich habe nichts damit zu tun.«

»Rohan oder Sie, das ist doch dasselbe. Ich habe lange darüber gerätselt, warum Sie hierher eingeladen wurden, jetzt weiß ich, daß Rohan es arrangiert hat. Er hoffte, Sie würden ihm nützlich sein, und Sie waren es.«

»Nützlich?« Sie war ganz verwirrt. »Ich verstehe nicht.«

»Sie wissen doch, daß Quist sich um Decima bemüht und alles tut, um keinen anderen an sie heranzulassen. Das wissen Sie doch?«

»Ich . . .«

»Er hat mich von Anfang an gehaßt, aber er stand der Situation machtlos gegenüber. Dazu kam, daß Charles so mit Rebecca beschäftigt war, daß er überhaupt nicht merkte, was seine Frau mit mir unternahm! Deshalb kam er auf die Idee, Sie als Außenseiter einzuladen und mit Ihrer Hilfe uns vier gegeneinander auszuspielen. Mit dem Resultat, daß Decima und Charles sich wieder versöhnen und Rebecca und ich verabschiedet werden. Und genau das ist eingetreten.«

»Aber was Sie sagen, stimmt ja gar nicht!« sagte Rachel laut. Wie sollte sie nur aus diesem Netz von Lügen herausfinden? »Decima hat mich ja hierher eingeladen, Rohan hat nichts damit zu tun! Nichts! Nur Decima, Decima! Begreifen Sie doch! Und Rohan ist überhaupt nicht in sie verliebt.

Sie sind es, und zwar so sehr, daß Sie lauter Gespenster sehen!«

»Dann sind Sie also eifersüchtig«, sagte er. »Ich habe es mir doch gedacht. Sie haben Charles erzählt, daß Decima ein Verhältnis mit mir hatte. Und Rohan hat Ihnen den Rücken gestärkt. Und Charles ist so schwach und beeinflußbar, daß er euch glaubte, es sei das beste, uns hinauszuwerfen.«

»Das ist nicht wahr, nicht wahr!«

»Sie müssen einen unbändigen Haß auf Decima haben, die vor Ihren Augen einen Mann nach dem andern verspeist. Am liebsten würden Sie Decima umbringen.«

»Nein, um Gottes willen, das stimmt doch alles nicht . . .«

»Jedenfalls haben Sie sich mit Ihrer Eifersucht unnötig verausgabt! Decima und ich haben nie miteinander geschlafen. Ich habe Charles gestern nur eine Lehre erteilen wollen. Er war so verdammt eitel und selbstsicher, so hundertprozentig überzeugt, seine Frau würde ihn nie betrügen! Als ich sah, daß er sich entschlossen hatte, uns hinauszuwerfen, packte mich eine ungeheure Lust, ihn zu verletzen und von seinem selbsterbauten Podest zu stürzen. Ich hatte längst genug davon, wie er meine Schwester behandelte, genug von seiner Heuchelei und Selbstgefälligkeit!«

»Sie hassen ihn, weil er Decimas Mann ist!«

»Decima! Mir liegt nichts an Decima! Ich möchte sie loswerden, sonst nichts. Sie ist eine Gefahr für mich. Sie kann mich ruinieren. Wenn sie Charles dazu bringt, daß er aus Rache seinen Einfluß geltend macht . . .«

»Ich glaube Ihnen nicht«, sagte Rachel, sie konnte kaum sprechen, so erregt war sie. »Sie hatten ein Verhältnis mit Decima und sind jetzt wütend, weil sie mit Rohan einen Flirt angefangen hat oder gar zu Charles zurückkehren will. Das sind Sie nicht gewöhnt, daß eine Frau Sie verläßt, bevor Sie selber das Interesse verloren haben. Und deshalb erfinden Sie so absurde Märchen, nur deshalb.«

»Sie wissen ja gar nicht, wovon Sie reden.«

»Ich glaube Ihnen nicht, das ist alles.«

»Na bitte, glauben Sie mir eben nicht! Das ist doch ganz gleichgültig. Was bedeuten Sie mir denn schon! Zuerst habe ich gedacht, Sie seien anders, aber Sie sind genauso wie alle Frauen, kleinlich, eifersüchtig, eitel. Zum Teufel! Gehen Sie zurück zu Ihrem sogenannten Freund Rohan Quist und lassen Sie an ihm Ihre Eifersucht aus. Mir können Sie gestohlen bleiben.«

Und er ging so geräuschlos hinaus, wie er gekommen war. Sie hörte nur den Regen, der gegen die Scheibe schlug.

Sie ging hinauf in ihr Zimmer, schloß die Tür und stellte einen Stuhl dagegen, denn abschließen konnte sie ja nicht. Sie zog die Vorhänge vor, als könne sie dadurch das böse Wetter von sich fernhalten, legte sich auf ihr Bett und weinte, bis sie merkte, daß ihre Augen angeschwollen waren und ihr weh taten und ihr auch kalt wurde in dem ungeheizten Zimmer. Sie stand auf und ging zum Kamin, aber die Asche war kalt, und in dem Korb daneben lagen nur noch ein paar kleine Scheite. Fröstelnd zog sie die Vorhänge zur Seite. Der Regen hatte aufgehört, auch der Sturm hatte sich gelegt, aber in den Bergen hingen noch schwere, nasse Regenwolken. Ihr war kalt. Vielleicht gab es in Decimas Zimmer mehr Holz und Streichhölzer, um Feuer zu machen. Sie hätte auch gern gewußt, ob Decima und Rohan zurückgekehrt waren, aber da mußte sie wieder an Daniel denken, und schon füllten sich ihre Augen mit Tränen. Sie versuchte sie wegzuwischen, da mußte sie noch mehr weinen, und erst am Gang draußen konnte sie sich beruhigen.

Es war sehr still. Decimas Zimmer war nicht verschlossen, und im Kamin lagen noch glimmende Scheite. Decima hatte offensichtlich in der Früh Feuer gemacht, so war der Raum warm und gemütlich. Rachel schloß die Tür ab, legte neue Scheite nach, und in einigen Minuten züngelten die Flammen den Kamin hinauf. Langsam wurde ihr warm.

Sie versuchte ihre Gedanken zu ordnen, aber sie fühlte sich wie paralysiert. Da war nur das brennende, undeutliche Gefühl eines Verlustes, der nie wieder gutzumachen war. »Ich habe ihn ja gar nicht geliebt«, sagte sie sich immer wieder. »Er hatte recht, ich war nur eifersüchtig, eitel und blöd. Er muß mich ja verachten.«

Sie wußte, sie log sich etwas vor. Sie hatte ihn geliebt. Ihre Liebe war gerade so weit gewesen, ihre Schüchternheit zu besiegen, als sie ihr entrissen und entstellt wurde und eine grausame Hand ihr dieses häßliche Ding, das einmal ihre Liebe war, ins Gesicht zurückwarf. Sie fühlte sich zu verletzt und gedemütigt, um sich einzugestehen, daß sie noch nie ein so tiefes Gefühl empfunden hatte, sie sah nur die häßliche Entstellung und kam sich verhöhnt und lächerlich vor.

»Ich habe ihn nicht wirklich geliebt, es war nur Eitelkeit und Dummheit.«

Aber der Verlust schmerzte wie eine offene Wunde, und sie konnte sich nicht vorstellen, daß diese Wunde sich je schließen würde.

»Ich habe ihn nicht geliebt«, wiederholte sie sich. »Es war ein Irrtum.«

Sie stand auf und ging zum Fenster. Die öde, triste Landschaft kam ihr wie ein Bild ihres eigenen Zustands vor. Sie ließ sich auf dem Sessel nieder, der hier stand. Dabei verrutschte das Sitzkissen, und sie sah, daß unter dem Kissen ein dünnes, ledereingebundenes Buch lag.

Ein Tagebuch.

Sie nahm es auf, aber ihre Hände zitterten so, daß es auf den Boden fiel und offen dalag. Sie bückte sich, um es aufzuheben. Da sah sie, daß es nicht Decimas Schrift war, sondern eine stürmische, unregelmäßige Schrift.

Ihre Augen lasen schon einzelne Worte, bevor sie sich daran hindern konnte. »Charles hat mir gesagt . . . Ich erzählte Charles, daß ich so . . . Wir liebten uns . . . Charles hat mir versprochen . . . Charles . . .«

Intime Beschreibungen, Liebeserklärungen, Lobeshymnen. Rachel schlug das Buch zu und schob es unter das Kissen. Erst als sie sich wieder zum Feuer setzte, dachte sie, wie seltsam es sei, daß Rebeccas Tagebuch in Decimas Zimmer versteckt worden war.

6. Kapitel

Rohan und Decima kamen nicht zurück. Der lange Vormittag ging in einen kalten, grauen Nachmittag über, und immer noch war nichts von ihnen zu sehen. Irgendwann nach drei Uhr war Rachel auf dem breiten Sofa in Decimas Zimmer eingeschlafen. Niemand störte sie, niemand kam sie suchen.

Als sie aufwachte, war es dunkel, und die Scheite im Kamin waren fast verglimmt. Eine Weile blieb sie so mit steifen Gliedern liegen, dann erst erinnerte sie sich schmerzhaft an den Vormittag und richtete sich auf. Ihre Augen brannten. Heute war der Vorabend von Decimas einundzwanzigstem Geburtstag, um halb neun würden die Gäste kommen, um unten in der großen Halle zu speisen. Heute war der letzte Abend mit den Careys in Roshven, der letzte Abend mit Daniel. Niemand durfte wissen, welche offene Wunde sie mit sich herumtrug.

Niemand durfte das je erfahren, sagte sie sich, niemand.

Mühsam stand sie auf und trat auf den Gang hinaus. Es war so finster, daß sie sich erst einmal orientieren mußte, dann tastete sie sich an der Wand entlang zu ihrem Zimmer und zündete ihr Licht an.

Mrs. Willie war heute wohl zu beschäftigt in der Küche gewesen, um in den Schlafzimmern Feuer zu machen. Es war kalt und feucht im Zimmer. Rachel zog ihren Mantel an und blickte in den Spiegel.

Eine Fremde starrte ihr entgegen, mit wirrem Haar und geröteten, verweinten Augen. Ihre Haut war fleckig, der Blick ausdruckslos. Schließlich wandte sie sich ab und ging mit der Lampe in der Hand zurück in Decimas Zimmer, um Holz und Streichhölzer zu holen.

Es war sechs, als es ihr endlich gelungen war, das Feuer anzuzünden. Sie sehnte sich nach heißem Wasser, um ihr Gesicht zu baden, aber sie fürchtete sich davor, Mrs. Willie in der Küche zu begegnen oder sonst jemandem, bevor sie nicht wieder menschenwürdig aussah. So goß sie nur kaltes Wasser in die Waschschüsel, wusch das Gesicht und kämmte sich lang und sorgfältig, bevor sie es wagte, die Treppe hinunter in die Küche zu gehen, um heißes Wasser zu holen.

In der Halle sah es schon ganz festlich aus. Der lange Eßtisch war weiß gedeckt, mit funkelndem Silberbesteck und roten Kerzen. Irgend jemand hatte die Aufgabe übernommen, die Charles eigentlich ihr übertragen hatte, denn da waren Blumen in großen Vasen auf der Truhe und auf kleinen Seitentischen, und auch der Eßtisch war mit Blumen geschmückt. Vier Lampen brannten, und zwei große Feuer loderten in den zwei einander gegenüberliegenden Kaminen.

Charles trat gerade aus der Bibliothek und sah sich prüfend um. Es war zu spät, ihm auszuweichen.

»Hallo, wo waren Sie denn?« fragte er. »Ich habe Sie gesucht vorhin.«

»Charles, es tut mir leid, daß ich Sie mit den Blumen im Stich gelassen habe . . . Ich . . . ich habe mich nicht wohl gefühlt.«

»Das macht nichts. Ich habe selbst welche geschnitten, und Mrs. Willie hat dann in einer freien Minute die Halle geschmückt. Aber Ihnen geht es nicht gut, oder? Sie sehen sehr blaß aus.«

»Es geht mir schon besser, danke. Ich wollte mir gerade etwas heißes Wasser holen, bevor ich mich umziehe. Sind Decima und Rohan zurück?«

»Nein. Weiß der Teufel, wo die stecken. Ich kann mir nur erklären, daß der Sturm sie gezwungen hat, in Kyle of

Lochalsh anzulegen. Und vielleicht ist es dort noch so stürmisch, daß sie nicht loskommen. Ich hoffe nur, sie sind zurück, bevor die Gäste eintreffen. Es war jedenfalls verdammt unüberlegt von den beiden, gerade heute so einen Ausflug zu unternehmen, wenigstens Decima hätte hier sein müssen, um uns zu helfen ... Aber, Rachel, geht es Ihnen wirklich gut? Sie sehen nicht besonders aus.«

»Ach, es geht schon, Charles ...« Sie flüchtete in die Küche, holte das heiße Wasser und gelangte wieder in ihr Zimmer, ohne jemandem begegnet zu sein. Unter Daniels Tür hatte sie einen Lichtschimmer gesehen, Rebeccas Zimmer schien dunkel zu sein. Vielleicht schlief sie und hatte nicht vor, am Abend zu erscheinen.

Erst als Rachel allein in ihrem Zimmer war, packte sie die Panik. Wie würde sie all diese fremden Leute ertragen? Wie würde sie es schaffen, freundlich und gesprächig zu sein, als wäre nichts geschehen? Der Gedanke allein, Daniel bald wieder gegenüberzutreten, war nach allem, was sie sich gesagt hatten, geradezu unerträglich.

Aber niemand durfte etwas merken. Sie würde nicht so feig sein und sich in ihr Zimmer verkriechen aus Angst vor den anderen. Nein, niemand durfte etwas merken.

Der Abend lag wie ein unüberwindlicher Berg vor ihr. Morgen würde sie sich ausruhen können und wieder zu sich finden. Sie wußte nicht, wie sehr sie sich in diesem Punkt irren sollte. Aber zurückblickend sagte sie sich später, daß es gut so war, denn hätte sie gewußt, was an diesem Abend alles passieren würde, wäre sie niemals aus ihrem Zimmer gegangen.

»Wo bleiben sie bloß?« rief Charles verzweifelt. »Warum sind sie noch nicht hier? Ist ihnen vielleicht etwas zugestoßen?«

Die Uhr schlug halb acht. Rachel saß verkrampft vor

einem der großen Feuer in der Halle und antwortete nicht. Charles, der kaum noch Fassung bewahren konnte, ging zur Haustür und starrte hinaus auf die See.

»Da kommt ein Boot . . .« Er trat hinaus, schloß die Tür hinter sich, und Rachel war allein in der großen stillen Halle. Irgendwo hörte sie jetzt eine Tür, dann Stimmen, dann Schritte auf der Treppe.

Rachel drehte sich nicht um. Aber dann ertrug sie es nicht länger, schaute auf und murmelte ein steifes »Guten Abend«, aber Daniel ging an ihr vorbei, ohne sie zu beachten, und Rebecca betrachtete interessiert das Silber auf der Tafel.

Rachel starrte wieder ins Feuer.

»Da kommt jemand«, sagte Daniel zu seiner Schwester. »Ein Boot hat an der Mole angelegt.«

»Ich weiß nicht. Jetzt kommt noch ein Boot. Ich glaube, es sind Gäste.«

»Wenn nun Decima nicht zurückkommt?«

»Dann wird Charles schön dumm dastehen«, sagte Daniel und trat auf die Türschwelle.

Der Bernhardiner, der in der Küche eingesperrt gewesen war, bis er sich zur Hintertür hinausschleichen konnte, trottete würdevoll in die Halle und ließ sich behaglich zu Rachels Füßen vor dem Feuer nieder. Im gleichen Augenblick kam eilig Mrs. Willie mit zwei großen Aschenbechern in die Halle, sah den Hund und rief ärgerlich:

»George, was machst du denn hier! Komm sofort her, du Lausekerl!« Und sie bückte sich, gab ihm einen Klaps auf den Kopf und faßte energisch sein Halsband.

Der Bernhardiner knurrte.

»Lassen Sie ihn nur«, rief Daniel von der Tür. »Ich passe schon auf, daß er nichts anstellt.«

»Wenn Sie meinen, Mr. Carey«, sagte Mrs. Willie, zuckte mit den Achseln und verschwand in Richtung Küche, während der Hund es sich wieder vor dem Kamin gemütlich machte. »Es ist weder Decima noch Rohan«, sagte Rebecca, die zum Fenster hinausgesehen hatte. »Es sind wahrscheinlich die ersten Gäste.«

Gleich darauf kam Charles in die Halle mit den MacDonalds und den Camerons aus Kyle of Lochalsh.

Rachels spätere Erinnerungen an dieses letzte Abendessen in Roshven waren höchst nebelhaft und zerfielen in einzelne Kurzszenen, die nur wenig oder gar keinen Zusammenhang miteinander hatten. Sie konnte sich erinnern, daß Charles mehrmals – wie oft? drei-, viermal? – sagte, Decima sei nach Kyle of Lochalsh gefahren, um in letzter Minute noch etwas zu besorgen, und sei dort offensichtlich mit Rohan aufgehalten worden. Sie konnte sich erinnern, daß Robert Cameron darauf sagte, er habe das Roshven-Boot im Hafen von Kyle gesehen, und sie erinnerte sich, wie erleichtert Charles aussah, als er das hörte, und wie verärgert einen Augenblick später, als er sich sagen mußte, daß Decima absichtlich zu spät kam.

Kurz nach acht kamen die Kincaids aus Skye und zum Schluß Decimas Anwalt, der alte Conor Douglas aus Cluny Gualach mit seiner Tochter. Nur von Decima und Rohan war immer noch nichts zu sehen. Die Uhr schlug halb neun, dann Viertel vor neun.

»Ich denke, wir gehen essen«, sagte Charles plötzlich. »Es hat keinen Sinn, alles verkochen zu lassen, und Sie sind sicher alle hungrig nach Ihrer Fahrt hierher.«

Rachel konnte sich erinnern an den warmen Lichtschein der roten Kerzen in den silbernen Leuchtern und an die schönen Gläser, in denen der Champagner funkelte. Aber wie das Essen geschmeckt hatte und was es überhaupt gab, das hatte sie vergessen. Sie saß zwischen dem jungen MacDonald, er mochte siebenundzwanzig Jahre alt sein, und dem alten Mr. Douglas, und die ganze Zeit dachte sie an

Decimas leeren Stuhl an der einen Schmalseite der langen Tafel. Rohans leeren Platz hatte sie direkt gegenüber. Daniel war weit weg, ihrem Blick fast ganz entzogen, aber manchmal in einer Gesprächspause hörte sie seine Stimme vom anderen Ende der Tafel.

Endlich war das Essen vorbei, die Reden blieben ungesagt. Die Unterhaltung plätscherte ziellos dahin, die Gäste trödelten über ihrem Kaffee und Likör. Sie hatten gut gespeist und viel getrunken und fast vergessen, daß die Hauptperson nicht erschienen war. Für Rachel, die sich nach ihrem Zimmer sehnte und dem Zwang der Konversation endlich entfliehen wollte, schien das Essen kein Ende zu nehmen.

Es war kurz nach zehn, als Decima und Rohan erschienen. Sie kamen lachend den Weg von der Anlegestelle herauf, und erst als Rohan die Türe aufriß und in die Halle torkelte, sah Rachel, daß die beiden betrunken waren.

»Guten Abend allerseits«, sagte Decima spöttisch. »Wie nett, daß Sie gekommen sind. Bitte entschuldigen Sie, daß ich nicht hier war zur Begrüßung, aber Rohan wollte unbedingt mit mir schlafen, und ich mußte ihm leider klarmachen, daß ich unmöglich meinen Mann betrügen kann, auch wenn er in den letzten Wochen mit Rebecca Carey geschlafen hat. Aber er will sich ja mit mir versöhnen und hat versprochen, die Careys morgen wegzuschicken. Nicht wahr, Charles? Wie wundervoll du die Halle geschmückt hast! Es tut mir so leid, daß ich dir nicht helfen konnte. Rachel, du siehst ja schrecklich aus! Was ist denn los mit dir? Hat dir Daniel heute kein Küßchen gegeben? Daniel, du könntest wirklich etwas rücksichtsvoller sein!«

»Charles«, sagte Daniel zu seinem Gastgeber, »deine Frau ist betrunken wie ein Matrose. Du solltest sie besser hinaufbringen.«

»Hör mal, Charles«, höhnte Rohan, »ich will dir einen Rat geben. Dieser Herr hat doch versucht, unter deinem Dach deine Frau zu verführen. Warum läßt du ihn nicht Decima ins Bett bringen? Weil du zu stolz bist? Weil du keine Hörner aufgesetzt bekommen willst? Du denkst, du bist der liebe Gott, nicht wahr, Charles? Der liebe Gott, der sich an die Kultur verschenkt, an die Studenten, an die Frauen, an die ganze Welt, Teufel noch mal, Charles, nur für deine Frau bist du nicht mehr der liebe Gott!«

Charles wurde kreidebleich. Er sagte nichts.

Daniel war aufgesprungen und hatte Rohans Arm gefaßt, um ihn wegzubringen. Rund um den Tisch saßen die entsetzten Gäste, stumm und bewegungslos, wie aus Stein.

»Laß mich los«, schrie Rohan, aber gegen Daniel kam er nicht an.

Der Bernhardiner begann laut zu bellen.

»Charles, mein Lieber, hast du George Champagner zu trinken gegeben?« fragte Decima.

Das Gebell weckte Rachel plötzlich aus ihrer Hypnose. Sie stand auf und ging um den Tisch auf Rohan zu, der laut Daniel beschimpfte. Plötzlich kam ihr Daniel ganz inexistent vor, nur Rohan war wirklich.

»Rohan, du Wahnsinnsmensch, hör auf mit dem Unsinn!« sagte sie streng. »Hör sofort auf! Hörst du?« Und als er sie nicht beachtete, gab sie ihm eine Ohrfeige.

Den Knall hörten alle. Keiner bewegte sich, keiner sagte etwas. Dann endlich gähnte Decima und sagte: »Mein Gott, bin ich müde! Gute Nacht, meine Herrschaften!« Und schon lag sie auf dem Teppich vor einem der Kamine und schlief. Ihr Kopf ruhte auf dem breiten Körper des Bernhardiners.

»So«, sagte der alte Conor Douglas und erhob sich so energisch vom Tisch, als sei nichts geschehen. »Wir machen uns jetzt auf den Weg, Rosalinde!«

»Ja, wir auch«, sagte Robert MacDonald, als sei dies das übliche Ende eines Abendessens. »Herzlichen Dank, Charles, für das ausgezeichnete Essen!«

»Es war wundervoll!«

»Wir haben uns sehr gut unterhalten . . .«

»Vielen Dank für die Einladung . . .«

So tröpfelte es endlos weiter in unerbittlicher Formvollendung, bis endlich das letzte »Auf Wiedersehen« gesagt war und die Tür sich hiner dem letzten Gast geschlossen hatte. In Roshven waren nur noch die versammelt, die hier wohnten. Wortlos ging Charles in die Bibliothek und warf die Tür hinter sich zu.

»Abgang Charles«, sagte Rohan, »in der Rolle des beleidigten englischen Gentleman.« Er lachte.

»Abgang Rohan«, sagte Rachel, ohne zu lachen, »der sehr betrunken ist und sich wie ein Flegel benimmt. Raus mit dir!«

»Was? Nimm deine Hand da weg, Raye! Was willst du?«

»Ich will dich die Treppe hinaufführen.«

»Aber . . .«

»Red nicht.«

»Ja, aber . . .«

»Komm jetzt.«

»Und Decima?«

»Daniel und Rebecca werden sich um sie kümmern.«

»Nein, nein«, sagte Rohan unglücklich, »laß sie nicht bei den Careys. Nur nicht bei den Careys.«

»Sei nicht albern.«

Auf halber Treppe stehend, stammelte Rohan: »Ich bin verrückt nach ihr, Raye. Ich bin es immer gewesen. Ich habe es dir nur nicht gesagt.«

»Nein, du hast es mir nicht gesagt.«

»Ich tue alles für sie«, sagte er. »Alles.«

»Ja.«

»Ich will sie heiraten, aber Charles wird sich nicht scheiden lassen.«

»Nein, er will sich aussöhnen mit ihr.«

»Aber wenigstens hat sie Daniel verlassen. Sie hat eingesehen, daß sie mir mehr vertrauen kann.«

»Ja.«

»Daniel schert sich nicht um sie. Ich bin der einzige, der sie wirklich liebt. Jetzt weiß sie es.«

»Ja.«

»Sie will mit mir mitkommen. Sie hat es versprochen. Und sie will immer bei mir bleiben!«

»Paß auf die Ecke auf. Es ist dunkel hier.«

». . . bei mir bleiben . . .«

Sie gingen den Gang im Südflügel hinunter am Südwestturmzimmer vorbei und waren jetzt im Westflügel, der zum Meer hinaus lag.

»Welches ist dein Zimmer, Rohan?«

»Das hier, nein das da. Ich weiß nicht mehr.«

Es war das zweite Zimmer. Rachel suchte die Lampe, aber bevor sie sie noch anzünden konnte, hatte sich Rohan quer übers Bett fallen lassen und war fest eingeschlafen. Sie zog ihm die Schuhe aus, deckte ihn so gut sie konnte zu, blies die Lampe wieder aus und ging zurück in ihr eigenes Zimmer am Südwestturm vorbei in den Südflügel. Erschöpft schloß sie die Tür, zündete die Lampe auf dem Tisch an und sank in einen Sessel vor dem Kamin.

Nach etwa zehn Minuten fiel ihr Decima ein. Ob sie noch unten war? Sie sollte sich eigentlich um sie kümmern. Nein, sollte sich einmal jemand anderer um sie kümmern. Sie mußte an Decimas scharfe Zunge und an ihre abfälligen Bemerkungen denken. Was hatte sie gesagt? Rachel, du siehst ja schrecklich aus. Was ist denn los mit dir? Hat dir Daniel heute kein Küßchen gegeben? Diese Bloßstellung vor so vielen fremden Leuten würde ihr Rachel nicht so bald vergeben. Decima könnte von ihr aus zum Teufel gehen.

»Laß Decima nicht mit den Careys allein!« hatte Rohan fast weinend in seinem Rausch gesagt. »Laß sie nicht allein mit ihnen . . .«

»Den Careys traue ich nicht«, waren Decimas Worte. »Sie sind gegen mich, alle sind gegen mich, laß dich nicht von ihnen aufhetzen, Rachel . . .«

Und dann dieser ganze Unsinn über Charles' Mordabsichten, um Roshven zu erben . . . Verrückt. Als ob Charles jemanden umbringen könnte, obwohl ihm sicher danach zumute war, als Decima ihn vor seinen Freunden so demütigte.

Decima mußte eine Menge getrunken haben. Normalerweise konnte sie zahllose Scotch trinken und wirken, als hätte sie nur ein Glas Mineralwasser getrunken. Und auch Rohan war an Alkohol gewöhnt. Sein Junggesellendasein hatte ihn abgehärtet.

Warum also, fragte sich Rachel, waren sie so betrunken? Was hatte sie dazu getrieben, so viel zu trinken?

Sie sehnte sich verzweifelt nach Ruhe und Schlaf, aber in ihrem Kopf arbeitete es wie wild. Nach einer Weile stand sie auf und ging unruhig auf den Gang hinaus. Unter Decimas Tür sah sie einen Lichtschimmer, und als sie nähertrat, hörte sie eine leise Männerstimme. Eine Frauenstimme antwortete.

Sie klopfte an. Drinnen wurde es still.

»Wer ist da?« fragte Decima verschlafen.

»Rachel. Ich wollte nur wissen, ob alles in Ordnung ist.«

»Ja, danke. Daniel hat mich vorhin raufgebracht.«

»Dann gute Nacht«, sagte Rachel. Sie hätte gern gefragt, wen Decima bei sich hatte, aber da sie annahm, daß es Daniel war, fehlte ihr der Mut.

»Gute Nacht«, antwortete Decima kaum hörbar.

Rachel wartete auf die Männerstimme, aber es blieb still. Und da sie nicht als Horcherin überrascht werden wollte, ging sie zur Treppe und schaute in die Halle hinunter. Die Tafel war noch nicht abgedeckt, leere Teller und Gläser standen herum. Die Kerzen waren gelöscht, aber auf der Truhe und den Seitentischen brannten noch die Lampen. In den Kaminen glimmte es noch schwach, und der Bernhardiner hatte seinen Lieblingsplatz am Kamin verlassen und sich vor der Tür des kleinen Salons ausgestreckt.

Rachel ging zur Tür der Bibliothek und klopfte leise an. »Charles?«

Keine Antwort.

Sie versuchte es noch einmal. »Charles, ich bin's, Rachel. Darf ich reinkommen?«

Keine Antwort. Aber sie sah Licht unter der Tür. Vielleicht war er eingeschlafen. Vorsichtig drehte sie den Türgriff herum, öffnete ein wenig und trat ein. Sie war kaum über die Schwelle, als sie entsetzt stehenblieb. Der Schock nahm ihr den Atem, und erst nach ein paar Sekunden versuchte sie zu schreien. Ihre Kehle aber war trocken. Charles lag zurückgesunken in einem Stuhl. Das Elfenbeinmesser steckte in seiner Brust. Rachel wußte, bevor sie noch nähertrat, daß er tot war.

Sie brachte es nicht über sich, ihn anzufassen. Er lag dort so still, so totenstill, den Kopf geneigt, die Arme schlaff über den Seitenlehnen seines Sessels hinter dem Tisch. Sie konnte nur dastehen und ihn anstarren. Das Elfenbein auf seiner Brust schimmerte so weiß, und auf dem Fensterplatz daneben sah sie die geschnitzte Scheide liegen, die der Mörder da hingelegt hatte.

Der Mörder. Charles war ermordet worden.

Im Kamin flackerte ein schwaches Feuer. Das waren

aber nicht nur die gewohnten dicken Scheite, da waren auch verkohlte Papierfetzen und verbranntes Leder. Rachel kniete nieder. Jemand hatte versucht, Rebeccas Tagebuch zu verbrennen.

Irgendwo schlug eine Tür zu. Schritte kamen näher durch die Halle, wurden immer lauter und lauter. Rachel sprang auf, fast von Sinnen vor Angst, und verbarg sich hinter den bodenlangen roten Vorhängen am Fenster.

Es war höchste Zeit gewesen.

Sie hörte, wie die Tür aufging, wagte aber nicht nachzuschauen, wer hereingekommen war. Es war kurze Zeit völlig still, dann hörte sie die Tür zuschnappen.

Dann war es wieder still. Ihr kam es unerträglich lang vor. Das einzige, was sie sah, war der rote Samt vor ihren Augen. Trotzdem wußte sie genau, wer im Zimmer war. Es konnte nur Daniel sein. Sie sah ihn neben der Leiche stehen, das Messer entdecken, die Scheide, das verbrannte Tagebuch, so wie es ihr selber vorhin ergangen war.

Er war zu ruhig, dachte sie, als wäre er nicht sehr überrascht über das, was er hier vorfand. Aber das war doch unmöglich.

Oder nicht?

Endlich hörte sie ein Geräusch, das Knistern von verbranntem Papier, vermutlich wollte er das Tagebuch oder vielmehr die Reste von der Feuerstelle nehmen. Sie hörte ihn ein Scheit hineinwerfen und den Blasebalg betätigen, damit die Flammen alles vernichteten, was sich nicht mehr entfernen ließ.

Danach war es wieder still. Was tat er wohl jetzt? Sie wagte kaum zu atmen, als sie den Spalt im Vorhang fand und ins Zimmer sah.

Er wischte gerade mit seinem Taschentuch den Griff des Messers ab. Darauf nahm er die Scheide vom Fensterplatz, rieb sie ebenfalls ab und legte sie zurück. Dann legte er sehr vorsichtig Charles' Finger um den Griff des Messers und drückte den Körper mehr nach vorne, so als hätte Charles sich selbst das Messer in die Brust gestoßen.

Rachel wollte vorsichtig wieder vom Vorhangspalt nach rechts rücken in ihre alte Position. Dabei berührte sie den Vorhang, und einer der Vorhangringe oben unter der Decke bewegte sich und gab einen kleinen, fast unhörbaren, quietschenden Ton von sich.

Das Herz blieb ihr fast stehen.

Aber es geschah nichts. Sie horchte angestrengt, ob sie ihn atmen hörte, aber das Zimmer war so still wie ein Grab, sie hörte nur ihren eigenen lauten Herzschlag und das Brausen des Blutes in ihren Ohren. Sie wartete. Vor Angst wagte sie kaum zu atmen. Und gerade, als sie dachte, sie sei gerettet, riß er den Vorhang zurück.

»Was machen Sie da?«

»Ich wollte Charles etwas sagen . . . dann hörte ich Sie und habe mich hier versteckt.«

»Warum?«

»Ich weiß nicht.«

Er sah sie starr an, mit seinen großen, dunklen Augen. Sie lehnte sich zurück gegen das Fenster und begann zu zittern. »Überlegen Sie sich eine bessere Geschichte für die Polizei«, sagte er nach einer Pause. »Diese klingt nicht sehr überzeugend.«

»Vielleicht ist es überzeugender, wenn ich sage, was ich hier sah«, hörte sie sich heiser sagen. »Daß Sie nämlich das Tagebuch Ihrer Schwester aus dem Feuer nahmen, ihre Fingerabdrücke vom Messer rieben und den Körper von Charles so zurechtrückten, daß es aussieht, als hätte er Selbstmord begangen.«

»Rebecca hat ihn nicht getötet«, sagte er.

»Wer dann?«

Er drehte sich um und ging auf die Tür zu. »Decima, natürlich, wer sonst?« Er riß die Tür auf. »Kommen Sie. Suchen wir sie.«

»Decima hat ihn nicht umgebracht.«

»Warum sagen Sie das?«

Instinktiv schwieg sie.

»Warum sagen Sie das?« wiederholte er, aber sie wollte nicht antworten.

Der Bernhardiner stand am Fuß der Treppe, und freundlich mit dem Schwanz wedelnd folgte er Daniel hinauf zur Galerie.

»Sollten wir nicht die Polizei verständigen?« fragte Rachel plötzlich.

»Ja, wir müssen mit dem Boot nach Kyle of Lochalsh. Vielleicht kann Quist fahren, wenn wir ihn wachbekommen. Haben Sie ihn zu Bett gebracht?«

»Ja, so gut es ging. Soll ich ihn aufwecken?«

»Nein, wir müssen erst Decima finden.«

»Warum nicht Rebecca?«

»Weil Decima Charles' Frau war«, sagte Daniel, »und ob sie ihn nun getötet hat oder nicht, sie hat das Recht, als erste davon verständigt zu werden.«

Rachel war so verwirrt, daß sie keinen klaren Gedanken fassen konnte. Nur eins stand fest. Charles war tot, und einer seiner Gäste hatte ihn getötet. Rebecca mußte es gewesen sein. Decima war in ihrem Zimmer. Rohan lag betrunken im Bett. Daniel . . . Aber wo war Daniel gewesen? Mit Decima in ihrem Zimmer? Hatte sie ihm ihren Mord gestanden und daß sie Rebecca belastet hatte? Hatte Daniel daraufhin die Mordszene so arrangiert, daß Rebecca wieder entlastet wurde? Aber Decima war doch so betrunken gewesen. Sie war doch hinaufgebracht worden . . . Von Daniel . . .

Sie standen an ihrer Tür.

»Decima«, sagte Daniel leise und klopfte an.

Keine Antwort.

»Decima?« Er öffnete die Tür einen Spalt und sah ins Zimmer. Im nächsten Augenblick trat er über die Schwelle, und Rachel folgte ihm.

Das Bett war leer. Es war eiskalt im Zimmer, und die Lampe qualmte im Zugwind vom weit aufgerissenen Fenster.

Rachel begriff die Situation so plötzlich, daß sie keine Zeit hatte zu erschrecken. »Mein Gott . . .«

»Nicht rausschauen«, sagte Daniel, aber sie war schon neben ihm und sah hinunter auf Decimas leblosen Körper unten auf der Terrasse.

Irgendwo in der Halle schlug eine altväterliche Uhr Mitternacht.

Decima hatte ihren einundzwanzigsten Geburtstag nicht mehr erlebt.

2. Teil

Der Schwemmsand von Cluny

1. Kapitel

Später hatte Rachel nur noch den Wunsch, sich irgendwo in einer Großstadt zu vergraben. Sie sehnte sich nach Straßenlärm, Wolkenkratzern und Menschenmassen, nach irgendeiner fremden Stadt weit weg von Roshven, wo die Sonne heiß auf den Asphalt brannte und die Erinnerung an Sprühregen und weichen Seewind tilgte. Sogar London, das immerhin mehr als 600 Kilometer von Roshvens grauen Mauern entfernt lag, war ihr zu nah. Und obwohl Daniel inzwischen schon weit weg in Afrika war, weckte jeder Gedanke an Roshven auch die Erinnerung an ihn wieder auf.

Sie dachte oft an Roshven. Nie würde sie den Augenblick vergessen, als sie und Daniel sich in Decimas Zimmer gegenüberstanden, während unten in der Halle die Uhr Mitternacht schlug. »Begreifen Sie jetzt?« hatte er zu ihr am offenen Fenster gesagt. Feuchte Nachtluft strich kalt ins Zimmer. »Ich habe Charles so hingesetzt, daß es aussieht, als hätte er sich selbst erstochen. Die Polizei muß denken, er habe zuerst Decima ermordet – sie hat ihn ja weiß Gott heute abend genügend provoziert – und dann Selbstmord begangen. Wenn sie das denken, werden sie uns nicht verdächtigen. Sie müssen glauben, daß Charles zuerst Decima und anschließend sich selbst tötete.«

Sie hatte ihn angestarrt. Was wußte er? Oder wußte er auch nicht mehr als sie? Schließlich sagte sie nur: »Aber das ist ja unmöglich. Ich habe ja noch mit Decima gesprochen, als ich an ihrem Zimmer vorbei nach unten in die Bibliothek ging. Ihre Tür war verschlossen. Aber ich habe von draußen gefragt, ob alles in Ordnung sei, und sie hat ja gesagt. Charles ist vor ihr gestorben.«

»Das weiß aber niemand«, hatte er gesagt. »Niemand

außer uns. Nur wir beide wissen, daß Decima Charles ermordet und den Verdacht auf Rebecca gelenkt hat. Nur wir beide.«

Für sie war es ganz klar gewesen, daß Rebecca Charles ermordet und daß Daniel dann schnell die Indizien entfernt hatte. Möglicherweise hatte *er* vorher Decima ermordet, wenn er nicht sogar . . . Rachel war immer nervöser geworden.

»Verstehen Sie nicht?« hatte er sehr ruhig gesagt. »Das wäre der Ausweg für uns. Sie dürfen nur nicht sagen, daß Sie mit Decima gesprochen haben, bevor Sie die Leiche von Charles fanden, und Sie dürfen nicht erwähnen, daß Sie mich gesehen haben, wie ich die Körperstellung von Charles korrigiert habe. Wenn die Polizei unsere Erklärung des Falles akzeptiert, sind wir aus dem Schneider.«

Aber hin und her gerissen zwischen Angst und Zweifel hatte sie gezögert, ihre Zustimmung zu geben. Sie hatte genau gewußt, was sie tun mußte, und war nicht stark genug gewesen. Denn dann hatte er betont gleichgültig gesagt: »Die Polizei könnte auch Sie verdächtigen, wissen Sie. Man kann annehmen, daß Sie Decima ermordet haben, weil Sie eifersüchtig waren und Decima haßten, nachdem Sie von ihr gedemütigt worden waren. Demnach hätte Decima Charles ermordet und Sie Decima.«

Damit hatte er geglaubt, sie erpressen zu können. Wußte er nicht, daß sie sowieso bereit war, trotz ihres Streites, alles zu tun, um ihn zu beschützen?

»Ich verstehe«, hatte sie endlich mit einer ihr ganz fremden Stimme gesagt. »Es wird für uns alle besser sein, wenn wir uns so verhalten, wie Sie sagen.«

Damit hatte sie sich kompromittiert. Es gab nun kein Zurück mehr. Daniel hatte zwar kein Wort des Dankes verloren, aber er schien immens erleichtert zu sein, als hätte er sich sehr bedroht gefühlt.

Die Polizeibeamten von Kyle of Lochalsh waren langsame, einfache Leute, und als etwas später Scotland Yard eintraf, war die Spur schon kalt und der Fall für sie erledigt. Die Totenschau nahm ein in den Ruhestand getretener Arzt aus Fort Williams vor, die Kommission bildeten hauptsächlich Fischer aus Kyle of Lochalsh, und alle waren überzeugt, daß Charles erst seine Frau und dann sich selbst umgebracht hatte. Auch die Aussage der Partygäste trug wesentlich zu dieser Annahme bei. Einige Tage lang waren die ersten Seiten der Zeitungen voll von der Affäre, und Charles bekam seinen Nachruf in der »Times«, aber dann war der Fall schnell vergessen, ad acta gelegt als eine der modernen Tragödien dieses Jahres, und die Presse fütterte ihre hungrigen Leser mit wieder anderen Geschichten. Da Decima vor ihrer Volljährigkeit gestorben war und Charles sowohl als Mörder als auch als Toter Roshven nicht erben konnte und Decima keine Angehörigen besaß, ging Roshven in den Besitz des Staates über. Der Wald wurde an das Forstamt verkauft, und das große Haus, das sich als unverkäuflich erwies, verfiel. Willie, der Wildhüter, und seine Frau traten zwei Monate später einen Posten auf einem großen Gut weiter im Süden bei Lochaber an und nahmen den Bernhardiner George mit.

Der Fall war abgeschlossen, der Alptraum vorüber. Rohan, Rachel, Rebecca und Daniel gingen getrennte Wege.

Kurze Zeit blieb Rachel noch in London, denn sie hatte diese Stadt lieber als jede andere. Dann traf sie eines Tages zufällig Rebecca in Mayfair. Rachel erfuhr von ihr, daß sie Volkswirtschaft unterrichtete. Und Daniel? Es ging ihm gut. Er war nach Afrika ausgewandert und lehrte in einem der neuen afrikanischen Staaten Englisch und englische Geschichte. Offensichtlich hatte er damit seinen wahren Beruf entdeckt, denn er schien kein Bedürfnis zu verspüren, in sein altes Leben zurückzukehren.

Seit dieser Begegnung kam Rachel ihr Leben in England unerträglich leer und traurig vor. Sie war besessen von dem Wunsch, dem allen zu entfliehen. Sie wußte, sie würde erst wieder in einem anderen Land richtig leben können, in einer anderen Umgebung, unter anderen Menschen. Und sie entschloß sich, nach Amerika zu gehen, wo, wie sie gehört hatte, englische Sekretärinnen sehr gesucht waren. Drei Monate später kam sie in New York an, fand ohne Schwierigkeiten eine Stellung und sehr schnell neue Freundinnen in der Pension, in der nur Damen wohnten. Nach einiger Zeit mietete sie mit drei anderen Mädchen ein Luxusappartement mitten in Manhattan, westlich der Fifth Avenue, und vier Jahre vergingen wie im Fluge.

Dann kam Rohan nach New York. Er hatte in England in einem großen Autokonzern gearbeitet und schrieb ihr jetzt, daß er um Versetzung in die New Yorker Filiale gebeten habe.

Sie holte ihn am Flugplatz ab. Ihr kamen fast die Tränen, als sie endlich wieder jemanden von daheim sah, und auch er zeigte offen seine Freude, sie wiederzusehen. Er wirkte müde nach der langen Reise, aber seine grauen Augen leuchteten wie eh und je. In seiner Aufregung strich er sich mehrmals mit der Hand durch das strohgelbe Haar.

Als die beiden mit dem Bus in die Stadt zurückfuhren, sagte sie: »Ich verstehe immer noch nicht, warum du um die Versetzung gebeten hast.«

»Vielleicht aus demselben Grund, warum du England den Rücken gekehrt hast«, antwortete er und sah durchs Fenster auf die näherkommende Skyline von Manhattan. »Und schließlich bin ich nicht so englisch wie die meisten Engländer. Ich habe ziemlich viel fremdes Blut in mir. Es dürfte mir nicht allzu schwerfallen, eine Zeitlang im Ausland zu leben.« »Komisch«, meinte sie, »ich habe manchmal gedacht, daß du angefangen hast, dich für Rebecca zu interessieren. Als du mir schriebst, du kämst in die Staaten, dachte ich, du würdest mir deine Verlobung mitteilen. Du hast sie nämlich ziemlich oft erwähnt in deinen Briefen.«

»Ja, ja, ich habe sie dann und wann getroffen«, sagte er so nebenbei, fast desinteressiert. »Es war ganz nett, aber . . . sie ist eigentlich nicht mein Typ. Und außerdem . . .« Er stockte.

Er wandte sich ihr zu, und sie sah, daß sein Gesicht, das sonst so beweglich und ausdrucksvoll wirkte, ganz starr war. »Die Erinnerung, weißt du«, sagte er. »Es war besser, wir trennten uns.«

Sie nickte wortlos. Dies war die einzige Anspielung auf Roshven zwischen ihnen. Sie erwähnten es nie wieder.

Aber sie mußte noch immer an Daniel denken.

Daniel in Afrika, Daniel, der Karriere, Heimat und Vaterland aufgibt, um afrikanische Kinder zu unterrichten, das war für sie ein Daniel, der aus der Rolle fiel. Sie konnte einfach nicht begreifen, was ihn nach Afrika getrieben hatte. Denn Daniel gehörte nicht zu jenen Menschen, die sich in den Dienst einer wohltätigen Organisation stellen für einen Mindestlohn, und es konnte ihm auch unmöglich Spaß machen, Kinder in einem unterentwickelten Land zu unterrichten. Mit seiner Ausbildung hätte er an der Universität alles erreichen können, was er wollte. Sie konnte ihn sich so gut zwischen den schönen alten Gebäuden in Cambridge vorstellen, auf einem bedeutenden akademischen Posten, hochbegabte Studenten unterrichtend, den Professorentitel in absehbarer Zukunft vor sich, ein erfolgreiches Leben in England unter Engländern an einer englischen Universität.

Aber all dem hatte er den Rücken gekehrt. Mit einer Unbedingtheit, die sie an ihm kannte und bewunderte. Daniel war in ihren Augen ein so vitaler und lebensbejahender Mensch, daß sie sich durchaus vorstellen konnte, wie er den einmal gefaßten Entschluß, sein ganzes Leben radikal zu ändern, mutig und bis zur letzten Konsequenz durchstehen würde. Das entsprach seinem Charakter. Warum aber mußte er sich ausgerechnet als Lehrer in Afrika verkriechen, in diesem scheußlichen heißen Klima am Äquator, warum nur so weit weg, diese Frage stellte sie sich immer wieder.

Gerne hätte sie mit Rohan darüber gesprochen, aber Rohan war sorgfältig darauf bedacht, das Thema Roshven zu meiden. Er lebte sich schnell ein in New York, hatte bald ein Heer von Freunden um sich, und es dauerte nicht lang, und er war wieder Mittelpunkt wie einst in England vor langen, langen Jahren. Sie hatte das Gefühl, daß ihr Leben nach einer wirren alptraumartigen Abweichung nun wieder in die vorgeschriebene normale Bahn einschwenkte.

Aber immer, wenn sie einen Mann kennenlernte, dachte sie: Kein Vergleich mit Daniel.

Ihre Mutter schrieb ihr von zu Hause: »Ich bin so froh, daß du so viele Leute triffst, mein Liebling. Es muß auch nett sein, Rohan da zu haben. Spielt sich irgend etwas Ernsthaftes bei dir ab im Moment? Wenn ich denke, daß du im September achtundzwanzig wirst . . .«

Ihre Mutter dachte an morgen, und für Rachel existierte kein Morgen. Morgen war für sie nichts als Leere, eine Wüste rund um die Oase des Heute, und diese Wüste war so deprimierend, daß Rachel lieber nicht hinschaute.

Ich werde nie heiraten, dachte sie. Jedenfalls nicht, solange Daniels Bild so lebendig in mir ist.

Aber Daniel lebte ein anderes Leben. Er hatte sie nie geliebt, so wie sie ihn nie wirklich geliebt hatte. Was sie für ihn empfand, war nichts als romantische Schwärmerei, die Verliebtheit eines jungen Mädchens, mit der sie immer noch nicht ganz fertig war. Am besten vergaß sie die ganze Geschichte. Es mußte ihr doch gelingen, ihn endlich aus ihren Gedanken zu vertreiben.

Es war Abend. Sie hatte eben ein Bad genommen und wollte nun essen gehen. Sie saß vor einem großen Spiegel im Wohnzimmer und wollte gerade ihr Make-up auftragen, denn hier hatte sie das beste Licht dazu. Da klingelte das Telefon.

Gleichgültig nahm sie den Hörer ab. »Hallo?«

»Rachel«, sagte Rohan, und seine Stimme klang brüchig und weit entfernt. »Ich muß dir etwas Wichtiges sagen.«

Rohan war immer so dramatisch. Wahrscheinlich handelte es sich um etwas ganz Nebensächliches.

»Ich will aber gerade ausgehen«, sagte sie. »Kann ich dich nicht später zurückrufen?«

»Nein«, sagte er, »nein, ich muß es dir jetzt sagen. Ich habe heute einen Brief aus England bekommen.«

Zitterte seine Stimme? Der Hörer klebte in ihrer Hand.

»Aus England?«

»Von Rebecca, Rachel. Von Rebecca Carey.«

Sie sah ihr Gesicht in dem großen Spiegel, sah, wie es blaß wurde, sah es an wie ein fremdes Gesicht auf einer Filmleinwand.

»Ich hab den Brief heute früh bekommen«, sagte er. »Ich konnte mir gar nicht denken, was sie mir zu schreiben hatte. Wir hatten die Adressen doch nur der Form halber ausgetauscht.«

»Was schreibt sie denn?«

»Kannst du es dir nicht denken? Daniel kommt aus Afrika zurück.«

Daniel fragte sich oft, warum er nach Übersee gegangen war. Er, der bisher sein Leben im ältesten und englischsten Teil von England verbracht und in einer so typisch englischen Universitätsatmosphäre gearbeitet hatte, warum mußte ausgerechnet er plötzlich ein anonymer und schlecht bezahlter Lehrer in einem fremden Land werden? Als er damals nach Cambridge zurückkehrte, war er fest entschlossen gewesen, sein Leben von früher wieder aufzunehmen und sich ganz den intellektuellen Freuden seiner Arbeit zu widmen. Er ahnte nicht, daß die Welt, die er liebte, sich so sehr verändert hatte, daß sie ihm wie ein zweites steriles Roshven vorkam. Er hätte nie gedacht, daß er einmal auf der Seufzerbrücke über dem sanft dahinfließenden Wasser der Cam stehen und denken würde: »Ich bin hier nicht mehr am richtigen Platz. Ich habe an einer falschen Tür angeklopft. Hier hält mich nichts mehr fest.«

Mechanisch erledigte er weiter seine Arbeit, aber sein Ehrgeiz war erloschen. Eine Zeitlang hoffte er noch, daß seine Apathie nur eine vorübergehende Reaktion auf die Ereignisse von Roshven sei, aber der Zustand hielt an, und schließlich sah er ein, daß er weg mußte, weg aus Cambridge, weg aus England und vor allem weg von Rebecca. Sie hatten nie mehr von Roshven gesprochen, und Rebecca hatte jede Erwähnung von Charles und Decima ängstlich vermieden, aber Daniel, der überzeugt war, daß sie beide in einem Anfall von tödlicher Wut und Rachegefühlen ermordet hatte, ertrug ihre Gegenwart nur noch mit Mühe. Mehrere Male versuchte er sich zu zwingen, mit ihr darüber zu reden. Sie mußte doch wissen, dachte er, daß er den Verdacht von ihr abgelenkt hatte. Sie muß doch wissen, daß er wußte ... Aber wenn sie es wußte, so war sie anscheinend fest entschlossen, nicht davon zu reden. So wurde ihr Verhältnis immer unbehaglicher. Als sie von seinem Entschluß erfuhr, nach Afrika auszuwandern, war sie sehr unglücklich und versuchte ihn davon abzubringen, bis sie einsah, daß es vergeblich war und sie sich mit der Situation abfinden mußte.

Ein freiwilliges Hilfskorps ergriff mit Freuden die Gelegenheit, einen Englischlehrer mit Universitätsausbildung einsetzen zu können, und so unterrichtete er bereits nach drei Monaten eine Klasse von vierzig afrikanischen Kindern in Accra und lernte es, in einem Land zu leben, das einst des weißen Mannes Grab hieß.

Das Unterrichten machte ihm mehr Spaß, als er gedacht hatte, und, was er nie für möglich gehalten hätte, je jünger seine Schüler waren, um so lieber unterrichtete er sie. Sollte ich je nach England zurückkehren, dachte er, dann weiß ich, was ich tun werde. Ich will eine eigene Schule gründen und Kinder unterrichten und nicht mehr an irgendeiner großen Universität Vorlesungen vor sogenannten Erwachsenen halten, die sich alle für ein Geschenk Gottes an die Gesellschaft halten.

Dieser Entschluß gefiel ihm. Er war glücklich. Vielleicht wäre er noch viel länger in Accra geblieben, wenn er nicht mehr und mehr an Rachel Lord hätte denken müssen.

Er wußte selbst nicht ganz genau, warum er so oft an sie denken mußte. Vielleicht, weil er sich nie ganz klar über sie geworden war. Sie war ihm so ehrlich, anständig und unverdorben vorgekommen. Ihm war fast übel geworden, als er entdeckte, daß sie herumspionierte und tratschte, weil sie eifersüchtig auf ihn war. Aber später dann . . . Rohan war es, hatte Rachel gesagt, ich habe Charles nichts gesagt. Das war Rohan. Decima jedoch behauptete, Rachel hätte Charles alles erzählt. »Siehst du nicht, wie sie außer sich ist vor Eifersucht?« hatte Decima ihm zugeflüstert.

Daß Quist es war, hatte er nie ernsthaft in Erwägung gezogen, und doch war es durchaus möglich, denn Quist hatte ständig Unruhe gestiftet. Aber warum hatte Decima gelogen? Weil sie eifersüchtig war und boshaft genug, Rachel zu verletzen und ihr heimzuzahlen, daß Daniel sich mehr und mehr für sie zu interessieren begann. Vielleicht also hatte Rachel die Wahrheit gesagt und war doch so, wie er sie zuerst gesehen hatte. Je mehr er darüber nachdachte, um so sicherer war er, ihr Unrecht getan zu haben, und je sicherer er wurde, um so mehr wollte er sie wiedersehen. Jetzt nach fünf Jahren merkte er, daß er eigentlich ununterbrochen an sie gedacht hatte. Er dachte an sie, wenn seine Schüler ihm Fragen über englische Orte und englische Leute stellten; er dachte an sie, wenn er seine drei Wochen alte »Sunday Times« durchblätterte und die Theater- und Buchkritiken las; er dachte an sie, wenn er einer Frau vorgestellt wurde, und er dachte an sie, wenn sich wieder der Jahrestag jener entsetzlichen Ereignisse in Roshven näherte und in ihm die Erinnerung lebendig wurde, die er bis zu seinem Lebensende nicht mehr würde verdrängen können. Manchmal schien es ihm, als brauche er nur die Augen zu schließen, um ihr wieder an Decimas offenem Fenster gegenüberzustehen.

Dann stand es plötzlich für ihn fest, daß er sie wiedersehen müsse. Möglicherweise war der Brief seiner Schwester daran schuld, denn sie erwähnte, sie hätte Rohan Quist zufällig in London getroffen. Rohan trete demnächst in New York eine neue Stelle an.

»Da auch Rachel in New York lebt, können sie jetzt bald wieder Händchen halten«, schrieb Rebecca. Damals fragte er sich zum ersten Mal, ob Quist und Rachel wohl je miteinander über Roshven redeten, wenn sie sich trafen. Wenn Rachel nicht sehr vorsichtig war, könnte so ein Gespräch sehr gefährlich werden.

Er erinnerte sich an jedes Detail der letzten Stunden in Roshven, und er bekam immer mehr Zweifel, ob sie wirklich so sicher waren, wie er gedacht hatte. Wenn Rachel zum Beispiel Quist verriet, daß das Gutachten des Totenbeschauers falsch war ... Da Quist Decima geliebt hatte, würde er womöglich die ganze Geschichte wieder aufrollen.

Er mußte Rachel wiedersehen, um sie zu warnen. Von diesem Gedanken kam er nicht mehr los.

»Rohan hat angerufen«, schrieb Rebecca im nächsten

Brief, »und lud mich zum Abendessen ein. Ich wollte schon absagen, aber dann dachte ich, warum nicht? Wir gingen in ein sehr gutes Restaurant, und zu meiner eigenen Überraschung habe ich mich sehr gut unterhalten. Er ist viel erwachsener geworden. Ich konnte kaum glauben, daß dies derselbe Rohan Quist war, den wir in Roshven kannten. Über Roshven fiel kein Wort, auch nicht über Charles und Decima, aber ich hatte das Gefühl, und er vielleicht auch, daß die Erinnerung wie eine Mauer zwischen uns stand.«

Im nächsten Brief schrieb sie:

»Gestern war ich wieder mit Rohan zusammen. Es war sein Geburtstag, und da er diesen Anlaß mit mir feiern wollte, gingen wir ins Hotel Dorchester, wo wir einige Wodka tranken und bald einen Schwips hatten. Nach dem vierten Glas begann er über Rachel zu reden, und beim fünften sprach er über Roshven. ›Es ist komisch‹, sagte er, ›ich glaube sicher, daß Rachel etwas weiß.‹ Worauf ich sagte: ›Was weiß sie?‹

›Über Roshven‹, antwortete er. ›Sie wird nicht darüber reden wollen. Sie erwähnt Roshven nie. Aber sie weiß ganz bestimmt etwas.‹

›Warum glaubst du das?‹ fragte ich.

›Weil ich Rachel jetzt schon fünfundzwanzig Jahre kenne, besser als meine eigene Schwester. Und ich weiß, wann sie über etwas den Mund hält und wann nicht.‹

Da konnte ich nicht widerstehen und mußte ihn fragen, ob er nicht immer ein bißchen verliebt in Rachel gewesen sei. Und er sagte: ›Ja, ein bißchen schon.‹ Darauf fragte ich ihn, warum er sie eigentlich nicht heirate.

Er brach in Lachen aus. Er war sehr betrunken. Dann sagte er plötzlich: ›Vielleicht heirate ich sie noch. Es ist sowieso höchste Zeit, daß ich heirate.‹ Dann lachte er wieder, als hätte er etwas sehr Schlaues von sich gegeben, und lachte, bis er über sein Glas kippte. Wir verließen bald das

Lokal. Er sagte, er würde mich anrufen, bevor er nächste Woche nach New York führe, aber irgendwie zweifle ich daran, daß er es tun wird.«

Rebecca behielt recht. Er rief sie nicht mehr an.

Bald nach diesem Brief begann Daniel mit den Vorbereitungen für seine Rückkehr nach England. Es war unmöglich, sofort zu reisen, da das Sommersemester gerade begonnen hatte und er verpflichtet war, bis zum Ende zu bleiben. Aber nach drei Monaten verabschiedete er sich von seinen Schülern in Accra, stieg ins Flugzeug nach London und begann seine lange, gefährliche Reise in die Vergangenheit.

Rachel hatte nur noch einen Gedanken: Daniel kam zurück. Rohan war bereits auf dem Weg zu ihr, aber sie rührte sich nicht von ihrem Platz vor dem Spiegel. Dann endlich nahm sie noch einmal den Telefonhörer ab, um die Verabredung für heute abend abzusagen.

Daniel kam zurück. Fünf Jahre waren seit Roshven vergangen, aber jetzt war ihr, als hätten die fünf Jahre überhaupt nicht existiert. Daniel hatte Afrika verlassen und war schon in London auf seinem Weg zurück in ihr Leben.

»Rebecca schreibt, er will dich sehen«, hatte Rohan ihr am Telefon gesagt. »Ich versteh' das gar nicht. Du warst doch überhaupt nicht mehr mit ihm in Verbindung, oder?«

»Natürlich nicht«, hatte sie bestürzt geantwortet.

»Warum will er dich dann sehen?«

»Ich . . . weiß nicht.«

Darauf gab es eine lange Pause. Und dann hatte Rohan plötzlich gesagt: »Ich komme bei dir vorbei«, und hatte aufgelegt.

Daniel kam zurück. Er wollte sie sehen. Wegen Roshven?

Sie sah das Haus so deutlich vor sich. Sie brauchte nur die Augen zu schließen, um sogar die weiche Seeluft auf ihrer Wange zu spüren. Sie sah die kahle Moorlandschaft vor sich, den dunklen Strich des Forstes, die öden Berge, die bewegte See, und da stand auch Roshven mit seinen Türmen, seinen grauen Mauern und leeren Fenstern.

Die Gedanken liefen ihr davon, als hätten sie sich nach fünfjähriger Unterdrückung endlich befreien können. Sie rief sich jede Einzelheit ihres Aufenthaltes vor fünf Jahren in Roshven ins Gedächtnis zurück, durchlebte noch einmal das Grauen der letzten Stunden, die Entdeckung der beiden Toten, die Übereinkunft mit Daniel . . .

Daniel. Daniel wollte sie wiedersehen. Daniel kam nach New York.

Als Rohan einige Minuten später läutete, konnte sie ihm nicht schnell genug die Tür öffnen.

»Wir gehen besser woanders hin«, meinte er, als sie ihn eintreten ließ. »Wo wir mehr Ruhe haben.«

»Die anderen sind weg und kommen so bald nicht wieder heim.«

»Okay, dann bleiben wir hier. Was willst du trinken?«

»Einen Tom Collins, bitte«, sagte sie und holte Sodawasser aus dem Kühlschrank in der Küche. Als er die Drinks gemixt hatte, setzten sie sich aufs Sofa, und er bot ihr eine Zigarette an. Plötzlich sagte er mit gequältem Zynismus: »Vielleicht will er dir einen Heiratsantrag machen.«

»Um Gottes willen, Rohan!« Sie war zu angespannt, um über seine absurde Idee lachen zu können. »Du weißt so gut wie ich, daß das Unsinn ist. Ich weiß wirklich nicht, warum er mich sehen will, jetzt nach fünf Jahren.« Sie schwiegen beide. Rohan beugte sich vor, um die Asche abzustreifen. Dabei blitzten die goldenen Manschettenknöpfe an seinem tadellosen weißen Hemd unter dem eleganten Anzug. Er sah gut aus, fand sie. Die Jahre hatten das

Kantige in seinem Gesicht geglättet, und er war auch sonst fülliger geworden. Dadurch wirkte er nicht mehr so unreif wie früher. Sein Haar aber glänzte immer noch so hell wie in seiner Kindheit und war sauber und gut geschnitten, und in seinem offenen Blick konnte man noch immer seine Gedanken lesen. Und wieder wunderte sie sich, wieso er noch nicht verheiratet war. Vielleicht war Decima noch immer zu lebendig in seiner Erinnerung. So wie sie sich nicht von Daniel lösen konnte ...

»Raye?«

Erst jetzt wurde ihr bewußt, daß er sie etwas gefragt hatte.

»Entschuldige«, sagte sie verwirrt. »Ich habe an etwas anderes gedacht. Was meinst du?«

»Weißt du wirklich nicht, warum Daniel dich treffen will?«

»Weißt du's?«

»Kann es wegen Roshven sein?«

»Wirklich, Rohan, ich ...«

»Du hast ihn gedeckt damals, nicht wahr?«

Sie schauten einander stumm an. Dann fragte sie: »Gedeckt?«

»Ich hatte dich immer im Verdacht, daß du der Kommission etwas verschwiegen hast. Etwas, das mit Daniel zu tun hatte, nicht wahr? Niemandem sonst hättest du so geholfen.«

Sie antwortete nicht.

»Hatte Daniel mit den Morden etwas zu tun?«

Sie antwortete nicht.

»Raye ...«

»Es war so, wie die Kommission festgestellt hat«, unterbrach sie ihn schnell, die Wangen hektisch rot. »Charles hat Decima umgebracht und dann Selbstmord begangen.«

»Ja«, sagte Rohan, »sehr bequem.« Er betrachtete einen Augenblick lang nachdenklich seine brennende Zigarette, dann sah er sie plötzlich fest an, und sie wußte, was er jetzt fragen würde.

»Hat Daniel Decima umgebracht?«

»Rohan . . .«

»Grund genug dazu hatte er ja. Sie hat mir am letzten Abend erzählt, daß sie eigentlich mit ihm fortgehen wollte, aber daß er sich dann plötzlich nicht mehr für sie interessiert hätte. Sie war wütend auf ihn und entschlossen, es ihm heimzuzahlen. ›Ich werde zusehen‹, sagte sie mir, ›daß er den Dozentenposten in Cambridge nicht bekommt.‹ Sie war voller Pläne, wie sie ihn ruinieren wollte. Hat er sie umgebracht?«

»Ich . . .« Die Erinnerung an die schrecklichen letzten Stunden in Roshven machte ihr das Sprechen schwierig. »Ich . . . weiß nicht, Rohan«, sagte sie verzweifelt. »Ich weiß es wirklich nicht. Möglich ist es. Denn er war in Decimas Zimmer, bevor er hinunter in die Bibliothek ging, wo ich Charles fand.«

»Wo war er?«

»In Decimas Zimmer. Ich klopfte bei ihr an, um zu fragen, ob alles in Ordnung sei, und sie sagte ja. Irgend jemand war bei ihr, denn ich hörte Stimmen.«

»Du meinst«, sagte Rohan langsam, »daß Decima da noch lebte?«

»Ja. Da lebte sie noch.«

»Aber das heißt ja . . .«

»Ich weiß. Charles hat Decima nicht umgebracht. Er war schon vorher tot.«

»Aber, mein Gott, Raye, warum hast du das nicht der Polizei gesagt?«

»Es war für uns der einfachste Ausweg, Rohan . . .« Sie erzählte ihm, wie Daniel die Indizien entfernt hatte, die Rebecca belastet hätten. »Er glaubte, daß Decima Charles ermordet hatte.«

»Was?« sagte Rohan erstaunt. »Warum, zum Teufel, sollte Decima Charles töten? Sie hat mir an jenem Abend erzählt, daß sie sich von Charles scheiden lassen wollte, ich hatte ihr angeboten, für sie zu sorgen, so lange sie wollte. Am nächsten Tag wollten wir zusammen Roshven verlassen. Deshalb waren wir beide so betrunken, aus reinem Übermut! Warum sollte sie Charles ermorden? Das hatte sie doch gar nicht nötig. Ist es nicht viel wahrscheinlicher, daß Rebecca ihn ermordete? Sie war doch vor Enttäuschung und Wut ganz von Sinnen.«

»Daniel sagte, Rebecca sei absichtlich belastet worden.«

»Natürlich sagt er das!«

»Aber wer stieß Decima aus dem Fenster?«

»Daniel natürlich! Wer sonst? Als er von Rebecca hörte, was geschehen war, sah er sofort, wie er die Lage zu seinem Vorteil ausnutzen konnte. Er brauchte nur Decima zum Schweigen bringen, dann sah es so aus, als hätte Charles sie ermordet und dann sich selbst. Auf diese Weise zog er Rebecca aus einer ziemlich unangenehmen Situation und beseitigte zugleich die Bedrohung, die Decima für seine Zukunft darstellte. Also ging er zurück in Decimas Zimmer, das er kurz nach deinem Wortwechsel mit Decima verlassen haben mußte, brachte sie um und ging darauf in die Bibliothek, um den Körper von Charles zurechtzurücken und um alles zu entfernen, was den Verdacht auf Rebecca lenken konnte. Stell dir vor, wie ihm zumute war, als er dich dort fand! Seine einzige Chance bestand darin, daß du so . . . daß dir so viel an ihm lag, daß du ihn nicht verraten würdest. Er sagte dir, was du der Polizei erklären solltest, und verließ sich auf deine Zuneigung.«

Rachel zerdrückte ihre Zigarette, stand auf und ging unruhig zum Fenster.

Wieder schwiegen sie lange.

»Warum hast du mir das nie erzählt, Raye?«

Was sollte sie antworten? Daß sie einfach nicht an die Möglichkeit hatte denken wollen, Daniel könnte schuldig sein? Daß sie sogar nach fünf Jahren noch immer in die Erinnerung an einen Mann verliebt war, der sie seinerseits nie geliebt hatte? Sie fand keine einleuchtende Antwort. »Es war damals das einfachste«, sagte sie schließlich. »Ich weiß, ich war dumm und schwach. Die Versuchung war zu groß, einfach das zu tun, was er sagte, und keine zusätzlichen Komplikationen zu schaffen. Ich war damals am Ende meiner Kräfte. Ich hatte Angst vor langwierigen Untersuchungen, die mich womöglich noch länger in Roshven zurückgehalten hätten. Ich wollte nur weg und alles vergessen.«

»Damals war es vielleicht der einfachste Ausweg«, sagte Rohan, »aber ich fürchte, jetzt ist es nicht mehr so einfach. Weißt du, warum Daniel dich sehen will?«

Sie sah ihn fragend an.

»Er hat durch Rebecca gehört, daß ich hier in New York bin. Er nimmt mit Recht an, daß ich dich häufig treffe und du mir mit der Zeit alles erzählen wirst. Du bist für ihn eine Bedrohung.«

Sie sagte nichts. Es war unerträglich still in dem großen Zimmer. Rachel sah plötzlich in dem großen Spiegel eine fremde Frau mit weit aufgerissenen Augen in einem weißen Gesicht.

»Was soll ich machen?« fragte sie. Die Jahre fielen von ihr ab, und sie war wieder das kleine Mädchen, das sich um Hilfe und Rat an Rohan wandte. »Was soll ich machen?«

Er stand auf, ging zu ihr und blieb dicht vor ihr stehen. »Mach dir keine Sorgen«, sagte er weich. »Ich bleibe bei dir.« Und dann nahm er sie in seine Arme.

Sie war so überrascht, daß sie sich nicht rührte. Dann überflutete sie eine Welle von Dankbarkeit, und Tränen der Erleichterung sprangen ihr in die Augen. Sie schlang die Arme um ihn und preßte ihr Gesicht gegen seine Schulter. Sie fühlte seine Lippen auf ihrem Haar und dann auf ihrer Stirn. Sie sah zu ihm auf. »Was sollen wir machen?«

»Wir fahren weg. Ich werde in der Firma sagen, daß ich aus familiären Gründen für ein paar Tage nach Hause muß. Ich bin ja so ziemlich mein eigener Herr und kann machen, was ich will. Und du mußt entweder deinen Job aufgeben oder unbezahlten Urlaub nehmen. Ist dein Paß in Ordnung? Morgen abend fahren wir.«

»Und wenn Daniel schon vorher da ist?«

»Er weiß nicht, wo du wohnst. Er weiß nur meine Adresse von Rebecca. Zu dir kommt er nur über mich, und ich werde ihn schon irgendwie abschieben. Jedenfalls bist du sicher vor ihm. Hast du genug Geld für den Flug?«

»Ja, ich glaube schon.«

»Ich werde gleich Flugplätze reservieren lassen.« Seine Hand war schon am Telefonhörer. »Für morgen abend, wenn es geht.«

»Rohan . . .«

»Ja?«

»Wenn er uns folgt? Wo wollen wir hin in England?«

»In irgendeine einsame Gegend, wo wir ihm eine Falle stellen können. Natürlich! Warum habe ich nicht gleich daran gedacht? Wir fahren nach Roshven.«

Rebecca war am Flugplatz, als die Maschine von Accra endlich britischen Boden berührte. Als er nach langer Warterei schließlich die Zollkontrolle passierte, stürzte sie in seine Arme.

»Danny . . . oh, Danny . . .« Sie drückte sich leidenschaftlich an ihn, als wollte sie die fünf Jahre Getrenntsein ausmerzen, und auch er schloß seine Arme eng um sie. Als sie mit glänzenden Augen zu ihm aufsah, mußten sie in ihrer Wiedersehensfreude beide lachen.

»Wie braun du bist!« rief sie. »Du siehst toll aus! Danny, wie herrlich, daß du wieder da bist!«

Als sie sein Gepäck in ihrem Morris verstaut hatten, fuhren sie zu ihrer kleinen Wohnung in Bayswater. Sie bogen gerade von der Stadtautobahn nach Hammersmith ab, als sie ihm die unausweichliche Frage stellte.

»Was wirst du jetzt machen, Danny? Hast du schon einen Plan?«

»Ja«, antwortete er ohne zu zögern, den Blick starr auf die Straße vor ihm gerichtet. »Ich fliege am Montag nach New York, ich habe den Flug schon gebucht. Für ein bis zwei Wochen.«

Sie holte tief Luft. Er sah, wie sich ihre Hände unruhig auf dem Lenkrad bewegten. »Nach New York?« fragte sie ungläubig.

»Ich werde mir morgen ein Visum besorgen.«

Nach einem Augenblick fragte sie: »Warum?«

Er antwortete nicht.

»Etwa wegen Rachel und Rohan?«

Er sah starr aus dem Fenster und nahm undeutlich zahlreiche Veränderungen in Hammersmith wahr, an das er sich noch gut erinnern konnte. Die englischen Straßen, Häuser und Schilder gaben ihm ein Gefühl des Heimkommens.

»Wenn es das ist«, sagte sie, »kannst du dir nämlich den Flug sparen. Sie sind vor kurzem nach England gekommen.«

Er wandte sich ihr mit einem Ruck zu. »Was sagst du da? Die beiden sind hier?«

»Ich wollte es dir vorhin schon sagen.«

»Wo sind sie?«

»Rohan hat mich gestern morgen gleich nach ihrer Ankunft angerufen. Er sagte, sie wollten zwei Wochen Urlaub in Schottland machen.«

»Du hast ihm doch nicht erzählt«, fragte er ungläubig, »daß ich zurückkomme, oder?«

Sie lenkte den Wagen an den Straßenrand und stellte den Motor ab. Der Verkehr brauste an ihnen vorbei.

»Doch«, sagte sie. »Ich habe es ihm letzte Woche geschrieben, ziemlich bald, nachdem ich es wußte.« Sie zögerte, es war ihr unangenehm. »Tut mir leid, Danny. Ich wußte nicht . . .«

»Macht nichts. Jetzt ist es passiert. Ich hätte es dir sagen müssen.« Er startete für sie den Motor. »Komm, fahren wir.«

»Aber ich versteh' nicht«, fragte Rebecca bestürzt, während sie auskuppelte und den Gang einlegte. »Was hast du mit ihnen vor, Danny? Warum willst du sie jetzt nach so langer Zeit wiedersehen?«

»Ich muß mit Rachel etwas klarstellen«, sagte er. »Besser, wir reden darüber nicht mehr. Wohin nach Schottland fahren sie?«

»Nach Kyle of Lochalsh«, sagte Rebecca. »Rohan meinte, sie würden sich Roshven ansehen.«

Sie waren mit dem Nachtzug von London nach Edinburgh gefahren und hatten ihr Mittagessen in einem Restaurant auf der Princes Street eingenommen. Von ihrem Fenster aus sahen sie aufs Schloß. Am Vormittag hatten sie sich für eine Woche ein Auto gemietet und wollten jetzt ins Hochland fahren, Richtung Fort Williams, Inverness und Kyle of Lochalsh. Die Sonne schien. Die Gärten unterhalb des Schlosses waren leuchtendgrün, und die grauen Mauern über den schwarzen vulkanischen Felsen flimmerten im heißen Mittagsglast.

»Ich glaube immer noch nicht, daß es viel Sinn hat, Daniel nach Lochalsh zu locken«, sagte Rachel, als die Kellnerin ihnen den Kaffee brachte.

»Er will uns sicher etwas mitteilen, ganz bestimmt«, sagte Rohan. »Er fährt uns doch nicht den ganzen Weg bis Roshven nach, um dann den Mund zu halten.«

»Aber warum haben wir uns nicht in London mit ihm getroffen?«

»An einem so einsamen Platz wie Roshven wird er sicher offener reden als in London.«

»Das glaubst du. Aber ich möchte am liebsten umkehren.«

»Hör mal, Rachel«, sagte Rohan. »Früher oder später wirst du mit Daniel zusammentreffen, und da ist es doch besser, wenn ich dabei bin, nicht? Und da er ein gefährlicher Mann ist, such ich mir den Ort aus, der mir günstig erscheint, okay? Und das ist eben Roshven.«

»Na gut«, sagte Rachel.

»Ich weiß«, sagte Rohan sofort nachgiebig, »daß dich das alles schrecklich aufregt, Rachel . . .«

»Nein, nein«, sagte sie. »Es ist nicht so schlimm, Rohan.« Sie tranken ihren Kaffee. »Rohan?«

»Ja?«

»Du wirst ihn doch nicht umbringen?«

»Nur, wenn er mich dazu zwingt«, sagte Rohan. »Wenn er dir etwas antun will, dann zerbrech' ich ihm alle Knochen.«

»Hast du deshalb die Pistole gekauft?«

»Ich muß mich ja schützen können. Vielleicht ist er auch bewaffnet.«

»Ja«, sagte Rachel, »das ist leicht möglich.«

Rohans Hand legte sich auf die ihre. »Du liebst ihn doch nicht mehr, oder?«

»Nein. Das ist längst vorbei.«

Er hielt noch immer ihre Hand fest. Dann sagte er nach einer längeren Pause: »Wie lange wollen wir uns noch vormachen, daß wir nur gute Freunde sind?«

Sie sah auf. Die Sonne schien ihr genau in die Augen, und er sah ihr Erstaunen, bevor sie den Blick wieder senkte. »Ich weiß nicht genau, was du meinst«, sagte sie endlich.

»Nein?« sagte er, »das ist doch ganz einfach. Ich weiß jetzt, daß du nicht mehr an Daniel hängst, und frage dich deshalb, ob du mich heiraten willst.«

Sie sah ihn stumm an. Dann schaute sie weg. Ihr Gesicht war ernst. Da wußte er instinktiv, daß sie nein sagen würde.

»Willst du denn dein ganzes Leben unverheiratet bleiben?« fragte er schnell. »Wir kennen uns doch so gut, Rachel, und kommen so gut miteinander aus. Warum sollen wir weiter endlos nach jemand anderem suchen? Ich hätte dich schon längst gefragt, wenn ich nicht gedacht hätte, du hängst immer noch an Daniel. Ich weiß schon lange, daß du die Frau bist, die ich heiraten will.«

»Nein«, sagte sie, »ich bin nur der Typ Frau, den du heiraten willst. Das ist nicht dasselbe.«

»Du verstehst nicht . . .«

»Du liebst mich nicht, Rohan! Doch, vielleicht, in deiner Art liebst du mich. Aber das ist keine richtige Liebe.«

»Du bist ein Perfektionist«, antwortete er. »Du wartest auf eine Leidenschaft, die gar nicht existiert. Du wirst ewig warten, Rachel, siehst du das nicht? Deine Liebe existiert nur in sentimentalen Mädchenbüchern!«

»Lieber warte ich ewig«, sagte sie ruhig, »als daß ich einen Mann heirate, den ich nur mit halbem Herzen liebe. Aber, Rohan«, fuhr sie schnell fort, »das heißt nicht, daß du mir gleichgültig bist, im Gegenteil, das weißt du. Aber du mußt einsehen, die Ehe würde nicht wirklich funktionieren ... bestimmt nicht, tut mir leid.« Sie kramte in ihrer Handtasche und warf fast die Kaffeetasse um. »Gehen wir? Da warten schon Leute auf unseren Tisch.«

Er stand wortlos auf, half ihr in den Mantel und ging zur Kasse zahlen.

»Es tut mir so leid, Rohan«, sagte sie noch einmal, als sie auf die Straße traten. »Bitte, verzeih mir ...«

»Da ist doch nichts zu verzeihen«, sagte er lächelnd. »Wenn du solche Skrupel hast, dann heiraten wir besser nicht. Solltest du aber deine Meinung ändern, das Angebot bleibt bestehen.«

Sie gingen die Princes Street hinunter und bogen in die Straße ein, wo sie ihr Auto stehengelassen hatten. Rachel war so mit ihren Gedanken beschäftigt, daß sie kaum wahrnahm, wo sie ging. Rohans Antrag hatte sie vollkommen unvorbereitet getroffen. Zu ihrer Verwirrung über Daniel kam jetzt noch die zusätzliche Verwirrung mit Rohan. Ihr Nein war ganz instinktiv gewesen, jetzt versuchte sie, das Nein logisch zu begründen. Alles, was Rohan für eine Heirat angeführt hatte, war richtig. Mit großer Wahrscheinlichkeit wären sie genauso ein glückliches Ehepaar wie die meisten geworden. Es lag ihm immerhin so viel an ihr, daß er auch jetzt an ihrer Seite war, wo sie ihn so nötig hatte. Er stand ihr eigentlich von allen Menschen am nächsten. Sie war fast achtundzwanzig Jahre alt, und es wäre sicherlich nicht das Dümmste, Rohan zu heiraten, der jetzt einunddreißig war, Erfolg im Beruf und viele Freunde hatte und zudem noch auf seine ungewöhnliche Art sehr gut aussah. Warum hatte sie ihn also so schnell abgewiesen, ohne nachzudenken, fast mechanisch?

Die Antwort darauf schoß ihr sogleich durch den Kopf und ließ sich nicht unterdrücken.

Er war nicht zu vergleichen mit Daniel.

Daniel und Rebecca hatten ein langes Gespräch über Roshven geführt. Das Thema, das so lange von ihnen vermieden worden war, erwies sich für beide so brisant, daß sie jede Einzelheit, jeden noch so kleinen Vorfall durchsprachen, der den Morden vorausgegangen war. Danach war Daniel so erschöpft, daß er ein Bad nahm und ein paar Stunden schlief, bevor er sich rasierte und anzog. Es war Abend geworden. Aus der Küche hörte er Geräusche. Rebecca schien etwas zu kochen. Er nahm den Hörer ab und wählte die Nummer des Londoner Flughafens.

»Wann geht die nächste Maschine nach Inverness, bitte?«

»Bitte, bleiben Sie am Apparat, ich verbinde.«

Er hörte ein Klicken, eine andere Stimme fragte nach seinen Wünschen, er wiederholte.

»Die Nachtmaschine geht heute um zehn Uhr.«

»Haben Sie noch einen Platz frei?«

»Einen Augenblick, bitte.« Wieder ein Klicken, ein Summen in der Leitung, dann Stille, dann: »Ja, es wurde vorhin ein Platz zurückgegeben. Möchten Sie . . .«

»Ja«, sagte Daniel. »Ich nehme ihn. Mein Name ist Carey. Wann muß ich am Flugplatz sein, und wo bekomme ich mein Ticket?«

Rebecca war aus der Küche gekommen, aber er nahm kaum Notiz von ihr. »Danke«, sagte er und legte auf.

»Danny . . .«

»Tut mir leid«, sagte er ihr. »Aber ich muß fahren. Ich werde aber nicht lange wegbleiben, höchstens ein paar Tage. Ich erkläre dir alles, wenn ich wiederkomme.«

»Soll ich mitkommen?« Sie kämpfte gegen die Enttäuschung an, ihn so schnell wieder zu verlieren. »Vielleicht kann ich dir helfen?«

»Nein«, sagte er. »Quist, Rachel und ich haben etwas miteinander zu regeln. Du hast nichts damit zu tun. Du bleibst hier. Ich weiß genau, was ich tue.

Rachel und Rohan verbrachten die Nacht in Kyle of Lochalsh und wußten nicht, daß Daniel zur selben Zeit in einem Hotel in Inverness übernachtete. Sie waren nach Einbruch der Dunkelheit angekommen und hatten zwei Zimmer in einem der kleinen Hotels am Hafen gemietet. Nach einem späten Abendessen hatten sie sich zur Ruhe begeben und schliefen, bis es am nächsten Morgen um neun Uhr Zeit fürs Frühstück war.

Das Wetter war unerwarteterweise genauso schön wie am Vortag in Edinburgh. Der Hafen mit seinen am Quai aufgereihten Booten lag in der hellen Morgensonne. In der Ferne erkannte sie undeutlich die Berghöhen von Skye. Über den Dächern der Stadt kreisten Möwen. Als sie angezogen war, trat sie noch einmal zum Fenster und sah hinaus, bis Rohan an ihre Tür klopfte und sie gemeinsam zum Frühstück hinuntergingen.

»Wie hast du geschlafen?« fragte Rohan.

»Besser, als ich dachte. Ich muß sehr müde gewesen sein.«

»Ich auch.«

Sie aßen schweigend weiter. Dann sagte Rohan: »Ich werde den Wirt fragen, wo wir ein Boot mieten können. Das kann doch nicht sehr schwierig sein.«

»Nein, das glaube ich auch nicht«, sagte Rachel.

Sie fürchtete sich. Es war schlimm genug gewesen, Kyle of Lochalsh wiederzusehen. Sie mußte an das Einkaufen mit Decima denken und an die Szene mit Daniel im Steuerhaus. Aber die Vorstellung, Roshven wiederzusehen, war geradezu unerträglich. Sie versuchte, nicht daran zu denken, goß sich noch eine Tasse Tee ein und nahm sich einen weiteren Toast, aber bald war sie so nervös, daß sie nichts mehr herunterbrachte.

»Fertig?« fragte Rohan endlich. »Dann laß uns gehen.«

Sie brauchten über eine Stunde, bis sie das Boot gefunden hatten, das sie haben wollten. Nachdem sie die kleine Kombüse mit Vorräten aller Art vollgestopft hatten, legten sie vom Quai ab.

Nach zwanzig Minuten war Kyle of Lochalsh außer Sichtweite. Rachel fühlte sich plötzlich so verlassen, daß sie hinunter in die Kombüse ging, um nicht mehr die öde Küstenlandschaft vor Augen zu haben. Aber ihre Angst wurde so übermächtig, daß sie schließlich einen doppelten Scotch zu sich nahm, um ihre Nerven zu beruhigen. Danach wurde ihr besser. Zur Sicherheit trank sie noch einen und ging dann wieder zu Rohan ins Steuerhaus.

»Wie geht's?«

»Ausgezeichnet. Ein herrlicher Tag. Ich habe die See hier noch nie so glatt gesehen.«

Das Boot glitt über das dunkelblaue Wasser. Rachel betrachtete bewundernd die großartige Küste im ungewohnten Sonnenschein. Sie hatte sich beruhigt, und erst als sie die Halbinsel näherkommen sah, hinter der Roshven lag, wurde sie wieder nervöser.

»Seltsam, nichts hat sich verändert«, sagte Rohan, und sie merkte an seiner Stimme, daß auch er sich unbehaglich fühlte. »Man kann sich nur schwer vorstellen, daß Charles und Decima nicht auf uns warten, Mrs. Willie nicht Brot backt in der Küche und George keine Nickerchen hält vor dem Kamin in der Halle.«

Sie bogen um die Halbinsel. Gischt sprühte hoch, als das Boot sich durch die Strömung kämpfte, und vor ihnen lag Roshven in der Sonne. Die Berge und Moore schimmerten grünrot im Mittagsdunst.

»So schön habe ich Roshven noch nie gesehen«, sagte Rohan. »Jetzt weiß ich, warum Decima so gerne hier war.«

Als sie näherkamen, sahen sie, daß viele Fensterscheiben zerbrochen waren, der Garten verwildert und das kleine Haus des Wildhüters schon zusammengefallen war.

Sie hatten die Anlegestelle erreicht, Rohan brachte das Boot längsseits und sprang elastisch auf den Steg, um das Seil am Pfosten zu befestigen.

»Die Bretter sind schon wackelig«, warnte er sie. »Gib acht.« »Danke.« Sie kletterte auf den Steg. Der Wind strich ihr leicht übers Gesicht, über ihr kreischte eine Möwe. Es war ganz still.

»Ich gehe ins Haus«, sagte Rohan. »Du mußt nicht mitkommen. Ich möchte nur sehen, wie es jetzt aussieht.«

Sie war froh, daß er ihr die Chance gab, dazubleiben.

»Ich möchte lieber nicht zurück ins Haus.«

»Okay. Ich werde nicht lang bleiben.«

Sie sah ihm nach, wie er rasch den Weg zum Haus hinaufging. Als er entdeckte, daß die Haustür verschlossen war, ging er ums Haus nach hinten und verschwand aus ihrem Blickfeld. Sie wartete eine Zeitlang in der Sonne, dann regte sich langsam die Neugierde in ihr, und sie wünschte, sie wäre mitgegangen. So sehr sie sich gefürchtet hatte, an diesen Ort zurückzukehren, jetzt im Sonnenschein kam ihr alles nicht mehr so aufregend vor, und in ihrer Erleichterung wollte sie jetzt sogar das Haus besichtigen. Vielleicht konnte sie ihre quälenden Erinnerungen mildern, wenn sie jetzt unter veränderten Umständen die Szenerie noch einmal besichtigte.

Sie verließ die Anlegestelle und betrat den Uferweg. Nach fünf Minuten war sie beim Haus. Rohan war offensichtlich durchs Küchenfenster geklettert. Entweder war es schon kaputt gewesen oder er hatte es eingeschlagen. Da sie Hosen anhatte, war es nicht schwer für sie, ebenfalls hineinzukommen, und schon ging sie durch die leeren Räume und stand in der riesigen verlassenen Halle.

»Rohan?« rief sie unsicher am Fuß der Treppe, aber es kam keine Antwort.

Sofort ging sie die Treppe hinauf und blieb oben stehen, um zu lauschen. Kein Laut. Die Sonne schien durch die hohen Fenster in die Halle. Es roch muffig.

Sie ging den Gang hinunter und stand kurze Zeit vor Decimas Zimmer, aber plötzlich wurde es ihr unheimlich in dem leeren Haus. Sie brachte es nicht fertig, die Tür zu öffnen und hineinzugehen. Sie ging zur Treppe zurück, und plötzlich kam es ihr vor, als wiederholte sie dieselben Bewegungen, die sie in der Mordnacht gemacht hatte. Sie war an Decimas Tür stehengeblieben, um zu fragen, ob alles in Ordnung sei. Jetzt stand sie an der Treppe und schaute in die Halle hinunter.

Sie sah die lange Tafel vor sich, als sei es gestern gewesen, die ausgelöschten roten Kerzen, deren heruntergetropftes Wachs erstarrt war, die leeren Teller und Gläser auf dem weißen Tischtuch, die zwei silbernen Tafelaufsätze, die Blumen, die die Köpfe hängen ließen. An den Wänden brannten die Lampen, und in den zwei Kaminen glimmte noch die Glut. Vor einer Feuerstelle schlief der Bernhardiner. Wirklich? Nein, das war früher gewesen. Als sie das zweite Mal in die Halle kam, um zu Charles zu gehen, hatte George vor der Tür zum kleinen Salon geschlafen. Sie konnte sich erinnern, daß sie sich gewundert hatte, warum er sich diesen zugigen Platz ausgesucht hatte, wo doch noch Feuer in den Kaminen war.

Als sie die Treppen hinunterging, wunderte sie sich wieder, warum sie den Hund da liegen gesehen hatte. Wäre Daniel im Salon gewesen, dann hätte das die Gegenwart des Hundes hier erklärt, denn der Hund folgte Daniel ja überallhin. Aber Daniel war doch oben bei Decima gewesen.

Oder etwa nicht?

Das Herz blieb ihr fast stehen.

Sie rief sich die Szene in der Bibliothek ins Gedächtnis

zurück, als sie Charles gefunden hatte. Sie hatte eine Tür gehört und dann Schritte quer durch die Halle, und kaum hatte sie sich hinter dem Vorhang versteckt gehabt, war Daniel auch schon eingetreten. Er war aus dem Salon gekommen. Die Tür von Decimas Zimmer hätte sie nie hören können. Es war die Tür zum Salon, und der Hund wartete da ja auch auf ihn.

Daniel war demnach gar nicht in Decimas Zimmer gewesen.

Wer war dann bei ihr, als Rachel mit ihr sprach? Rebecca? Aber es war doch eine Männerstimme gewesen. Daniel nicht. Und Charles auch nicht, der war schon tot. Blieb nur Rohan. Rohan war bei Decima, kurz bevor sie starb.

Aber Rohan war doch so betrunken gewesen. Sie mußte ihn ja selbst ins Bett bringen.

Oder hatte er ihnen was vorgespielt? Schon damals war ihr aufgefallen, daß die beiden, wo sie doch an Alkohol gewöhnt waren, erstaunlich betrunken schienen. Sollte alles ein Spiel gewesen sein? ... Mit welchem Ziel und Zweck?

Um den Mord an Charles in Szene zu setzen ...

Rebecca wurde durch ihr Tagebuch belastet. Rohan war, dank Rachels Aussage, viel zu betrunken, um ein Verbrechen zu begehen. Decima ... Daniel hatte sie in ihr Zimmer getragen und würde ebenfalls aussagen, daß sie zu betrunken gewesen sei. Aber Daniel war nicht in ihrem Zimmer geblieben, denn als Rachel zurück in die Halle kam, lag George bereits vor dem Salon und wartete, daß Daniel herauskäme. Und Decima war in dem Augenblick noch am Leben.

Daniel hatte Decima nicht getötet. Rebecca? Nein, denn die Stimme in Decimas Zimmer war die eines Mannes gewesen. Und Charles war schon tot.

Rohan hatte Decima getötet. Und er oder Decima hatten vorher Charles umgebracht.

Rohan war ein Mörder. Der Satz kreiste und kreiste in ihrem Kopf. Rohan war ein Mörder.

Und sie war mit ihm allein in Roshven.

2. Kapitel

Daniel stand früh auf, mietete einen Wagen und verließ um neun Uhr Inverness, um über das Hochland nach Kyle of Lochalsh zu fahren. Es regnete. Dunkle Wolken hüllten die Berge ein, und über den nassen Mooren lagen dicke Nebelschwaden. Nur wenige Autos fuhren auf der Straße. Der Regen schlug unbarmherzig gegen die Windschutzscheibe. Es war kein Vergnügen zu fahren. Daniel kam es vor, als seien die fünf heißen, feuchtschwülen Jahre in Accra nur ein Traum gewesen, als habe er nie diese sturmzerfetzte Landschaft unter der fahlen nördlichen Sonne, unter Regenwolken und Nebelschwaden verlassen.

Dies ist das eigentliche Schottland, dachte er. Glasgow gehört dem Geschäftsmann, Edinburgh den Touristen. Aber das Hochland hier im Norden gehört keinem, vor allem keinem Eindringling, dies ist das Schottland, das sogar die Römer umkehren ließ. Kein Wunder, daß sie dachten, sie seien hier am Ende der Welt angelangt, in der hintersten Ecke des von Menschen besiedelten Gebietes. Die Berge schoben sich hier so eng zusammen, als wollten sie alle Sünder in ihren Tälern verschlucken, und die Moore öffneten sich dazwischen wie Gräber.

Der schwere Regen wollte nicht aufhören. Daniel gab gerade jede Hoffnung auf eine Wetterbesserung auf, als die Straße sich über einen Paß quälte und plötzlich die Wolken über den Bergen zerrissen, der Regen nachließ und der Himmel heller wurde. Nach zwanzig Minuten hatte er die hohen Berge hinter sich und fuhr in eine andere Welt. Die Sonne schien, der Himmel war blau, und als er die Hügel hinunter nach Kyle of Lochalsh fuhr, sah er, daß der Atlantik am Horizont dunstig war, ein Zeichen für gutes Wetter.

Er fuhr in die Stadt.

Vor dem kleinen Gasthaus, wo er mit Charles nach ihren Einkäufen oft ein Glas Bier getrunken hatte, parkte er seinen Wagen und ging hinein. Die Wirtin kehrte gerade die Gaststube aus.

»Guten Morgen«, sagte sie freundlich. Dann starrte sie ihn verblüfft an, sie hatte ihn erkannt.

»Guten Morgen«, sagte er und wartete, ob sie ihm etwas über Rohan und Rachel sagen würde.

»So was«, meinte sie erstaunt, »so was!« Und als er stumm blieb, setzte sie hinzu: »Sie sind doch Mr. Carey, nicht wahr?«

»Ja. Sie haben ein sehr gutes Gedächtnis, Mrs. MacCleod.«

Sie freute sich, daß er ihren Namen behalten hatte. »Zu schade!« sagte sie dann mitfühlend, »jetzt haben Sie Ihre Freunde gerade verfehlt. Sie haben dort unten in den ›Stuart Arms‹ übernachtet. Mein Mann war gestern abend gerade beim Wirt, als sie ankamen, und er sagte . . .«

»Sie sind schon weg?«

»Mit einem Boot von Duncan Robertson. Ich sah sie vorhin den Quai raufgehen.«

»Wann war das?«

Sie war etwas erstaunt über seine schnellen Fragen. »Na ja, so vor zwei, drei Stunden vielleicht. Ich hatte gerade Feuer in der Küche gemacht und wollte hier die Wetteransage hören, und siehe da, wen sehe ich, als ich aus dem Fenster gucke, Mr. Quist und seine junge Dame . . . Wie lange werden Sie hier bleiben, Mr. Carey? Ich habe zu meinem Mann gesagt . . .«

»Nicht lang«, sagte Daniel rasch. »Danke vielmals, Mrs. MacCleod.« Und bevor sie noch den Mund öffnen konnte, um »Auf Wiedersehen« zu sagen, war er schnell aus dem Haus und zum Hafen gegangen.

Rachels erster Gedanke war, die Pistole zu suchen. Ohne einen anderen Gedanken ging sie fast blind durch die Halle und durch die Küchenräume zurück zu dem zerbrochenen Fenster. Sie war wie in einem bösen Traum befangen und konnte sich nur mit äußerster Anstrengung weiterbewegen. Das Fenster, durch das sie so leicht hineingeklettert war, wurde jetzt ein gefährliches Hindernis auf ihrem Weg. Und prompt verletzte sie sich ihre Hand an einem scharfen Glas. Ich muß zum Boot zurück, dachte sie. Ich muß die Pistole finden.

Der glitzernde Sonnenschein auf dem Wasser, der blaue Himmel machten keinen Eindruck auf sie, als sie durch den verwilderten Garten zur Anlegestelle lief. Ich muß zum Boot, wiederholte eine Stimme in ihr. Ich muß die Pistole finden.

Der Weg kam ihr lang vor. Wieder wurde sie an einen Traum erinnert, wo man läuft und läuft und nicht zum Ziel kommt. Dornengestrüpp riß an ihren Hosen, riesige Büsche und hochgeschossene Stauden strichen ihr ins Gesicht. Dann plötzlich war sie aus dem Garten heraus und lief den Weg zum Steg hinunter.

Ich muß zum Boot, dachte sie. Ich muß die Pistole finden. Sie stolperte über einen Felsen und wäre fast hingefallen, dann stand sie endlich auf dem morschen Steg und kletterte aufs Boot. Im Steuerhaus war nichts. Er mußte sie unten gelassen haben. Sie fiel fast die Treppe zur Kabine hinunter. Sie war sicher, daß die Pistole obenauf in Rohans Koffer liegen würde.

Sie riß die Kabinentür auf und wollte erleichtert Luft holen, als ihr der Atem stockte.

»Hallo«, sagte Rohan, »ich dachte schon, ich hätte dich verloren. Wo warst du denn?«

Sie hatte plötzlich einen ganz klaren Kopf.

»Ich war im Haus, konnte dich aber nicht finden.« Sie

machte kein Hehl daraus, daß sie gerannt war, und ließ sich atemlos auf die Bank gegenüber fallen. »Plötzlich kam eine Panik über mich, und ich sah nur noch Gespenster in jeder Ecke. Da bin ich den ganzen Weg zurück gerannt.«

»Das merkt man«, er lächelte sie beruhigend an. Er hatte die Pistole in der Hand und sah nach, ob sie korrekt geladen war. Er wirkte ruhig und ausgeglichen und so vertraut wie immer. Dies war der Rohan, den Rachel ihr Leben lang kannte, dies war ihr ältester Freund. Sie vertraute ihm. Rohan würde ihr nichts tun.

Er stand auf. »Daniel wird noch nicht so bald hier sein«, sagte er und steckte die Pistole in seinen Gürtel. »Essen wir was von dem Zeug, das wir eingekauft haben, und dann gehen wir ein bißchen am Strand entlang. Ich will nicht hier sitzen und Roshven anstarren. Es wundert mich gar nicht, daß dich die Panik gepackt hat. Mir ist es genauso gegangen.«

»Wo warst du?« fragte sie. »Ich konnte dich nirgends finden.« Er ging zur Tür. »Ich war in Decimas Zimmer«, sagte er kurz, als wollte er nicht mehr darüber reden. Aber nach einer Pause fügte er hinzu: »Das hätte ich lieber bleibenlassen sollen. Es war schrecklich.«

Er ging aufs Deck, und sie folgte ihm.

»Warum bist du in ihr Zimmer gegangen?« fragte sie.

»Ich weiß nicht. Es war mir, als ob sie dort auf mich wartete. Ich konnte nicht anders.« Er setzte den Fuß auf den Steg und zögerte. »Wir haben das Essen vergessen.«

»Wir können ja gleich zurückkommen«, sagte sie. »Ich bin überhaupt nicht hungrig.«

»Also gut.« Sie gingen über den Steg und dann am Strand entlang. Die Sonne schien warm, man hörte nichts als das Tosen der Brandung. Sie gingen gut auf dem festen ebenen Sand. Lange wanderten sie stumm nebeneinander her. Zu ihrer Seite hatten sie die Klippen mit ihren klaffenden Höhlen. Schwarze Felsbrocken ragten hier und da aus dem weißen Sand. Es war Ebbe. Rohan schien in Gedanken versunken, und Rachel, die ihre Panik überwunden hatte, fühlte sich hellwach und kühl bis ins Herz. Sie bogen um die Halbinsel.

»Da ist der Schwemmsand«, sagte sie scharf.

»Ja, da ist er«, sagte Rohan. Er starrte auf den kilometerlangen weißen Strand, der täuschend einladend in der hellen Sonne lag. »Der Strand von Cluny. So friedlich. Und einladend. Als warte er auf uns.« Er wandte sich ihr zu: »Es ist komisch. Ich habe das Gefühl, als hätte hier alles auf uns gewartet. Seit Jahren. Das Haus, die Küste und dieser Strand.«

Rachel sah schnell weg. »Sei nicht so dramatisch, Rohan. Das ist doch verrückt.«

»Spürst du nichts?« fragte er, »wirklich nicht?«

»Wenn ich will, kann ich mir alles einbilden«, sagte sie scharf. »Man braucht nur eine Zeitlang hierzubleiben, um überall Gespenster zu sehen. Das liegt an diesem Ort.«

Sie hoffte, daß er das starke Pochen ihres Herzens nicht hören konnte.

»Komm, setzen wir uns ein wenig«, sagte er.

»Warum?«

»Warum?« meinte er. »Nun, um auf Daniel zu warten. Jetzt warten wir auch, wie alles hier. Alles wartet auf Daniel.«

Daniel lenkte das Boot weit aufs Meer hinaus, bevor er sich in nördlicher Richtung nach Roshven wandte. Er wollte nicht schon von weitem gesehen werden und überlegte, wo er am besten landen könnte. Den Anlegesteg vermied er besser. Vielleicht sollte er versuchen, irgendwo zwischen Roshven und Cluny an Land zu gehen. Dann würde Rohan ihn nicht sofort bemerken. Das wäre den Versuch wert. Allerdings hatte er fünf Jahre lang kein Motorboot mehr gelenkt und hatte keine Lust, in Untiefen zu geraten.

Das Boot glitt über die glatte See und zog eine weiße Spur durch das dunkelblaue Wasser. Die Luft war warm. Hoch oben im Wind segelten Möwen wie kleine Halbmonde im blauen Himmel.

Er zündete sich eine Zigarette an.

Dann dachte er wieder an Rachel, sah sie in ihrer Ahnungslosigkeit mit Rohan immer tiefer und tiefer in eine gefährliche Situation abrutschend, von der sie sich nicht mehr befreien konnte. Er war sich bewußt, wie sehr sich seine Haltung ihr gegenüber geändert hatte. Als er Accra verließ, wollte er seine Schwester schützen und Rachel davor warnen, Rohan etwas zu verraten. Und dann hatte er entdeckt, daß seine Schwester völlig unschuldig war. Sie hatte ihm ihre Unschuld beteuert, und er mußte ihr glauben, ihr Protest klang echt. Und bevor er noch Zeit hatte, sich seines Verdachts zu schämen, war ihm plötzlich klar geworden, in welcher Gefahr sich Rachel befand. Wenn Quist von ihr erfuhr, was sie alles wußte, mußte er sich von ihr ungeheuer bedroht fühlen. Die Zahl derer, die man verdächtigen konnte, war ja so klein. Als sie Roshven vor fünf Jahren verließ, hatte sie zweifellos Rebecca für die Schuldige gehalten, vielleicht sogar auch ihn, Daniel, für irgendwie daran beteiligt, aber sobald sie draufkäme, daß sie beide unschuldig waren, blieb nur noch Rohan als der einzig Verdächtige übrig.

Quist war ein Mörder. Er hatte getötet und würde wieder töten. Daniel erinnerte sich, wie er sich damals der Ironie des Schicksals bewußt geworden war, daß ausgerechnet die kalte Decima Opfer eines Verbrechens aus Leidenschaft geworden war.

Und jetzt war Rachel mit Quist allein in Roshven. Vielleicht ahnte sie inzwischen die Wahrheit. Wenn sie Quist nur einen Augenblick zu verstehen gab, daß sie ihn im Verdacht hatte . . .

Es war keine Zeit zu verlieren.

Sie war ziemlich sicher, daß Rohan schlief. Er lag auf dem Bauch im Sand, den Kopf auf den Armen, das Gesicht nach unten, sein Atem ging ruhig und regelmäßig. Die Pistole, die er, um bequemer zu liegen, aus dem Gürtel genommen hatte, lag friedlich neben ihm, ihr Lauf glänzte in der Sonne.

Sie hob die Waffe auf. Rohan rührte sich nicht.

Wie entfernt man die Kugel aus einer Pistole? Wenn es ihr gelänge, die Kugeln herauszunehmen, dann wäre Daniel sicher, und sie könnte die Pistole Rohan zurückgeben, ohne daß er merkte, daß sie das Ding ungefährlich gemacht hatte.

Sie erhob sich sehr langsam, die Waffe in der Hand. Langsam kam die Flut wieder herein. Rachel bewegte sich vorsichtig auf die Klippen zu, und dann war sie zwischen den Felsen verschwunden. Rohan konnte sie nicht mehr sehen.

Sie betrachtete die Pistole in ihrer Hand und drehte sie hin und her.

Aber sie war sehr nervös, weil sie Rohan nicht sah und nicht wußte, ob er noch schlief. Plötzlich hielt sie es nicht mehr aus und ging ein paar Schritte zurück. Aber er lag noch immer unverändert da. Erleichtert atmete sie auf.

In diesem Augenblick hörte sie das Saugen des Wassers unter dem Schwemmsand.

Sie versteckte sich wieder hinter einem Felsen und hantierte an der Waffe herum. Und gerade als sie es aufgeben wollte, öffnete sich der Griff, und die Kugeln fielen in ihre

Hand. Sie ging zu Rohan zurück, legte die Pistole neben ihn hin und ging so weit sie sich traute nach vorn, bis zum Schwemmsand hin.

Sie warf die Kugeln einer Welle entgegen, die sie gefräßig schluckte und verschwinden ließ. Erleichtert wischte sie sich den Schweiß von der Stirn und strich ihr Haar zurück, als sie Rohans Stimme hinter sich hörte. »Warum machst du das?« Sie drehte sich hastig um und starrte ihn an. Knapp hinter ihr begann der Schwemmsand.

»Du weißt es also«, sagte er. »Ich habe es mir schon gedacht.«

Er sah sie abwartend an, sein blaues Hemd hob sich leuchtend von dem hellen Sand ab, und sein Haar glänzte in der Sonne. »Wie hast du es erfahren?«

»Vorhin in der Halle«, sagte sie, »wurde mir klar, daß nicht Daniel bei Decima war, bevor sie starb. Daniel mußte unten im Salon gewesen sein, als ich Charles suchen ging. Er war nicht bei Decima, und doch hatte ich eine Männerstimme in ihrem Zimmer gehört. Da wußte ich, daß du nur betrunken gespielt hattest und, nachdem ich dich verlassen hatte, in die Bibliothek gegangen warst.«

»Ich ging zuerst in Decimas Zimmer, um Rebeccas Tagebuch und das Messer zu holen.« Er wandte sich halb von ihr ab, so daß er direkt auf die See hinaussah. Sie bemerkte, daß seine Hände zur Faust geballt waren, als er sie in die Hosentaschen schob. »Es ist schwer für mich«, sagte er, »dir meine Gefühle für Decima zu beschreiben. Das kann ja keine Frau verstehen. Lange Zeit nach ihrer Heirat habe ich versucht, mir einzureden, daß ich sie nicht liebte, aber man kann sich nicht ewig vormachen, daß schwarz weiß ist und weiß schwarz. Und bei jedem Besuch in Roshven haßte ich Charles tiefer, und meine zur Schau gestellte Gleichgültigkeit für Decima fiel mir immer schwerer.

Erinnerst du dich, wie ich früher Charles bewundert habe, als wir jung waren? Meinen berühmten, angesehenen Vetter! Charles war alles, was ich nicht war. Und dann setzte die Ernüchterung ein. Charles war ein brillanter Wissenschaftler, aber ich kam dahinter, wie schwach, eitel und aufgeblasen er eigentlich war. Das Schlimmste aber war, daß es ihm gelungen war, Decima für sich zu gewinnen, die begehrenswerteste Frau, die man sich vorstellen kann, und schon nach kurzer Zeit war sie so unglücklich mit ihm, daß sie nur noch von ihm wegwollte. Kannst du dir vorstellen, wie mir zumute war? Je mehr ich mir meine Liebe zu Decima eingestand, um so mehr haßte ich Charles, und alles, was ich fühlte, mußte ich verbergen. Die heftigsten Leidenschaften mußte ich immerzu unterdrücken. Es war zum Verrücktwerden. Dann kam ich zum letzten Besuch nach Roshven . . .

Ich erinnere mich noch sehr gut daran, wie ich Daniel Carey zum ersten Mal sah. Ich saß in Kyle of Lochalsh bei einem Whisky, als ich Charles' Boot anlegen sah. Daniel war mit Decima mitgekommen. Im Augenblick wo ich ihn sah, wußte ich, daß sich alles verändert hatte. Ich sah beide lachen, als sie den Steg herunterkamen, und ich war fest davon überzeugt, daß sie ihn liebte.«

Die Flut kroch höher. Eine gefräßige Welle leckte am Sand zu ihren Füßen.

»Und dann kamst du«, sagte er, »und es war wie ein Wunder. Daniel ließ von Decima ab und wandte sich dir zu. Und zum ersten Mal schien sich Decima für mich zu interessieren, und endlich konnte ich hoffen, alles zu bekommen, was ich mir wünschte.

Es war der Tag, an dem die Party sein sollte. Sie wollte

mich allein sprechen, deshalb nahmen wir das Boot und fuhren auf die offene See hinaus, um ungestört reden zu können; und nicht nur das.

Dann kam der Sturm und zwang uns, Kyle anzusteuern. Und als wir da warteten, daß das Wetter sich beruhigen würde, sagte sie mir, sie würde mich heiraten, wenn sie frei wäre, aber Charles ließe sich nicht scheiden. Sie wäre also für immer an ihn gebunden.

›Ich würde Charles umbringen‹, sagte sie, ›aber ich weiß nicht wie und bin auch nicht stark genug.‹ Da kam sie mir so jung und schutzbedürftig vor, daß ich sagte: ›Ich würde ihn für dich töten, wenn ich könnte.‹

Ich hätte merken müssen, was dann vorging, aber vielleicht benebelte mich der Alkohol. Denn sie hatte den Plan schon fix und fertig, samt Rebeccas Tagebuch und Messer. Ich hätte merken müssen, daß sie mich nur benutzen wollte, genau wie sie versucht hatte, am Vortag, Daniel zu benutzen. Aber ich konnte nicht logisch und nüchtern denken.

›Es ist ganz leicht‹, sagte sie, ›Rebecca ist ideal für uns, weil sie ein Motiv hat, Charles umzubringen. Wir können ihr Messer benutzen und mit dem Tagebuch vortäuschen, daß sie ihn in einem Anfall von Wut umgebracht hat. Alles spricht dafür. Denn Charles hat gerade mit ihr Schluß gemacht, deshalb war sie so verheult heute früh. Außerdem hat Charles mir gesagt, daß er die Careys hinausgeworfen habe. Wir werden am Ende der Party völlig betrunken aufkreuzen, es wird einen Riesentumult geben, und irgend jemand wird uns ins Bett bringen. Sobald du sicher bist, daß die Luft rein ist, kommst du in mein Zimmer, und ich geb dir das Messer und Rebeccas Tagebuch. Dann, wenn du's gemacht hast, gehst du zurück in dein Zimmer, und niemand wird draufkommen, daß wir gar nicht betrunken waren. Und dann können wir zusammen weggehen.‹«

»Also hat nicht Decima Charles getötet«, sagte Rachel, »sondern du warst es.«

»Ja, ich war es. Nachdem du mich zu Bett gebracht hattest, wartete ich eine Weile und ging dann in Decimas Zimmer. Daniel brachte sie ein paar Minuten später die Treppe hinauf, und ich versteckte mich im Schrank, bis er weg war. Decima fragte ihn, wo Charles sei, und er sagte, in der Bibliothek.

Ich nahm das Messer und ging die Hintertreppe hinab zur Küche. Mrs. Willie war schon weg, und auch in der Halle war niemand mehr außer dem Hund, der vor dem Salon schlief. Ich ging in die Bibliothek. Dort saß Charles und hatte das Gesicht in seinen Händen vergraben. Als er das Messer sah, konnte er nicht mehr ausweichen. Er war sofort tot. Niemand sah mich aus der Bibliothek kommen. Ich ging wieder die Hintertreppe hinauf und sagte Decima, daß alles geklappt hatte, und in dem Moment kamst du und hörtest uns reden. Danach brach eine Welt für mich zusammen. Ich wollte mit Decima Pläne über unsere Zukunft machen, aber sie wollte nichts davon hören. Ich wollte sie küssen, aber sie war so kalt wie eine Statue.

Ich war außer mir. ›Was ist los?‹ fragte ich sie. ›Was habe ich falsch gemacht?‹ Und dann sah ich plötzlich die Wahrheit. Ich war ihr genauso gleichgültig wie alle anderen. Sie war nur an sich selbst interessiert und lebte unerreichbar in ihrer eigenen Welt. Charles war ihr lästig, also wollte sie ihn loswerden. Dazu brauchte sie einen, der ihn für sie umbrachte. Warum nicht? Die Männer taten doch sowieso immer alles für sie. Sie nahm zuerst an, auch Daniel würde dazu zu benutzen sein. Sie hatte sich einen Plan ausgedacht, in dem sie die verängstigte junge Frau spielte, die sich nach dem Mord an der Brust des Kommissars ausweint und ihm gesteht, daß ihr Liebhaber Daniel sie von ihrem schrecklichen Ehemann befreit hatte.

Sie lud dich also nach Roshven ein, um dir die Rolle der armen Ehefrau vorzuspielen, und erzählte dir die Geschichte, daß Charles sie töten wollte. Du solltest ihr Zeuge für die Polizei sein. Und dann ging alles daneben. Du verliebtest dich in Daniel und würdest nie gegen ihn aussagen wollen. Und zur selben Zeit stellte sie fest, daß Daniel sie nicht genügend liebte, um für sie einen Mord zu begehen. Er liebte sie überhaupt nicht.

So kam sie auf mich und mißbrauchte mich für ihren gemeinen Plan. Und das merkte ich erst jetzt.

Dann erinnere ich mich nur noch, daß ich das Fenster aufriß, daß kalte Luft hereinströmte, daß ich ihr den Mund zuhielt, als sie schreien wollte, daß ich sie mit solcher Kraft von mir schleuderte, als wollte ich ihr jeden Knochen zerschmettern. Dann bin ich zurück in mein Zimmer und habe meine Tür verrammelt und wollte mich damit gegen alles abschließen, was geschehen war. Fünf Jahre habe ich versucht, den Alptraum von damals von mir fernzuhalten und mich mit Neuem in einer neuen Welt zu beschäftigen, aber gegen manche Erinnerungen kann man sich nicht abschließen, und heute in ihrem Zimmer wußte ich, daß ich sie nie loswerden würde, bis zu meinem Lebensende nicht.«

Die erste Welle berührte Rohans Schuhe, aber er schien es nicht zu bemerken und ging keinen Schritt zurück.

»Ich bin froh, daß ich dir jetzt alles erzählt habe«, sagte er. »Ich wollte es schon lange. Vielleicht habe ich dich deshalb auch gefragt, ob du mich heiraten willst. Ich hätte mich dann sicherer gefühlt, denn du hättest nicht gegen deinen Mann ausgesagt.«

Er sah noch immer starr auf die See hinaus. »Da kommt ein Boot«, sagte er plötzlich. »Ein kleines Boot, siehst du es?«

Rachel wirbelte herum.

Im gleichen Augenblick rollte eine schwere Welle heran

und riß ihr die Füße weg, und bevor sie das Gleichgewicht verlor, hörte sie wieder das Saugen der Strömung im Schwemmsand unter ihren Füßen.

Daniel sah schon von weitem das blaue Hemd von Rohan und nahm sofort direkten Kurs aufs Land zu. Als er näherkam, erkannte er auch Rachel. Aber obwohl er sich alle Mühe gab und angestrengt hinstarrte, konnte er nicht erkennen, was sie dort am Wasser taten.

Dann fing Rohan zu rennen an. Und im gleichen Augenblick sah Daniel, daß Rachel bis zu den Knien im Wasser stand, dort wo der Schwemmsand von Cluny begann.

Er brachte den Motor auf Höchstgeschwindigkeit.

Rohan sah das Boot näherkommen und blieb stehen. Gerade als er dachte, es würde auf Grund laufen, hörte der Motor auf zu knattern, und aus dem Steuerhaus tauchte Daniel auf, nahm den Anker vom Deck und warf ihn ins Wasser. Dann bückte er sich noch einmal, und als er sich aufrichtete, hatte er ein zusammengerolltes Tau in der Hand.

Rohan dachte, mit etwas Glück würde er leicht mit Daniel fertig werden können, denn dieser war so sehr mit der Rettung von Rachel beschäftigt, daß er nicht auf Rohans Bewegungen achten würde. Und was Rachel anging, könnte er später sagen, er sei nicht mehr in der Lage gewesen, sie zu retten. Zwei Opfer des Schwemmsandes. Er sah die fetten Überschriften in den Zeitungen. Doppelte Tragödie an einem einsamen schottischen Strand. Nur ein Überlebender . . . Er stand und wartete.

Daniel hatte das Tau über die Schulter genommen und

ließ sich ins seichte Wasser hinunter. Er watete auf Rohan zu, ohne ein Wort zu sagen. Rohan wurde nervös.

»Ich wollte zum Haus laufen«, sagte er hastig, als sie sich gegenüberstanden. »Um eine Leiter zu holen.«

Daniel watete wortlos an ihm vorbei, dann lief er auf Rachel zu.

»Daniel . . .« Rohan starrte ihm nach. Aber dann riß er sich zusammen und rannte zu der Stelle, wo seine leere Pistole lag.

»Halt«, sagte Daniel zu Rachel, »nicht bewegen. Sonst sinken Sie immer tiefer ein.« Während er sprach, rollte er das Tau auf und knüpfte aus dem einen Ende eine Schlinge.

»Rohan wollte eine Leiter holen«, sagte sie mit zitternder Stimme. »Im Gartenhaus muß eine sein.«

»Er hat es mir gesagt.« Die Schlinge war fertig. »Jetzt passen Sie auf. Ich werf Ihnen das jetzt zu. Nehmen Sie die Schlinge um Ihren Körper und halten Sie sich so gut Sie können an dem Tau fest. Geht das?«

»Ja.«

Wieder kam eine Welle und riß an ihr. Sie spürte, wie ihre Füße tiefer im Sand versanken. Am liebsten hätte sie laut geschrien.

»Fertig?«

»Ja.«

Und als er ihr das Tau zuwarf, sah sie hinter ihm Rohan, der ihn mit der Pistole niederschlagen wollte.

»Daniel . . .«

Bevor sie noch den Satz beenden konnte, hatte er sich umgedreht und war Rohan in den Arm gefallen.

Sie kämpften, das Wasser umspülte ihre nackten Füße.

Die Pistole fiel aus Rohans Hand in den Schwemmsand und war eine Sekunde später weg. Rohan trat einen Schritt zurück. Dann noch einen, und als der Sand unter ihm wegsackte, versuchte er taumelnd festeren Boden unter die Füße zu bekommen. Da traf ihn mit voller Wucht Daniels Faust gegen das Kinn. Er war sofort bewußtlos. Rachel sah ihn wanken, und bevor sie noch schreien konnte, fiel er der Länge nach rückwärts in den Schwemmsand und versank.

Ihr wurde schwindlig. Schon am Rande der Bewußtlosigkeit spürte sie plötzlich, daß sich das Seil fest um ihren Körper schnürte und Daniel ihr etwas zuschrie.

»Am Tau ziehen!« schrie er. »So fest Sie können! Ziehen Sie um Himmels willen!«

Das Seil war rauh und schnitt ihr in die Handflächen. Eine Welle wühlte den Sand unter ihr auf, und plötzlich waren ihre Hüften frei. Sie versuchte ihre Füße zu bewegen, und wieder half ihr eine Welle ein Stück weiter. Sie zog und zog, bis sie nicht mehr konnte, da fühlte sie, daß ihre Füße frei waren, und sie rutschte über den Sand, bis sie seine Hand spürte. Er zog sie heraus aus einem Alptraum, der vor fünf Jahren begonnen hatte, und brachte sie in eine heile, freundlichere Welt.

Epilog

Drei Tage später bekam Rebecca Carey von ihrem Bruder einen Brief.

»Es sieht so aus, als würde ich doch länger in Schottland bleiben, als ich dachte«, schrieb er. »Die Geschichte ist zu kompliziert, um sie Dir schriftlich zu erklären, ich werde Dir später alles genau erzählen. Um Dich jetzt nur kurz zu informieren: Ich kam mit einem gemieteten Boot gerade noch rechtzeitig nach Roshven, um Rachel aus dem Schwemmsand von Cluny zu retten, wo die Flut sie überrascht hatte. Quist dagegen war nicht mehr zu helfen. Es tut mir leid, Dir das sagen zu müssen, weil ich weiß, daß Du ihn gerne mochtest. Er starb bei dem Versuch, Rachel zu helfen. Ich möchte Dich bitten, dies seiner Familie telefonisch mitzuteilen. Sie ist bereits von der Polizei verständigt worden.

Nun weißt Du den einen Grund, warum ich länger in Schottland bleiben muß – wir haben die Polizei verständigt und wurden gebeten, bis zur Totenschau, die in drei Tagen sein wird, dazubleiben –, und Du ahnst vielleicht schon den zweiten Grund. Wenn die Angelegenheit hier erledigt ist, bringen Rachel und ich meinen Mietwagen nach Inverness zurück und fahren dann per Zug nach Edinburgh, wo wir siebzehn Tage bleiben werden. Du wirst fragen, warum gerade siebzehn Tage. Weil man in Schottland nur heiraten darf, wenn man wenigstens einundzwanzig Tage im Lande war.

Ich nehme an, daß das alles ziemlich überraschend für Dich kommt. Aber Du als intelligenter Mensch wirst sehr schnell merken, was für ein feiner Kerl Rachel ist und wie glücklich ich sein kann, sie zur Frau zu bekommen. Ich rechne fest damit, daß Du zu unserer Hochzeit kommst. Teil mir bitte Deine Ankunft mit. Du erreichst uns im North Briton Hotel.

Rachel bittet mich ziemlich schüchtern (ich hoffe, das ist grundlos), Dich von ihr zu grüßen. Ich hoffe, wir sehen uns sehr bald!

In alter Liebe, Dein Bruder Daniel.«

GOLDMANN

Lara Stern

»Ein neuer Stern scheint am deutschen Krimi-Himmel aufzugehen. Lara Stern ist nicht nur ein gut geschriebener Krimi mit dichter Atmosphäre gelungen, sondern sie bereichert die Krimilandschaft auch um eine Ermittlerin mit Witz, Verve und provozierender Weiblichkeit.« Krimi Journal

»... gut gegliedert, spannend und unterhaltend.« Brigitte

Nix Dolci  5188

Sabas Himmelfahrt  5818

Bali kaputt 42417

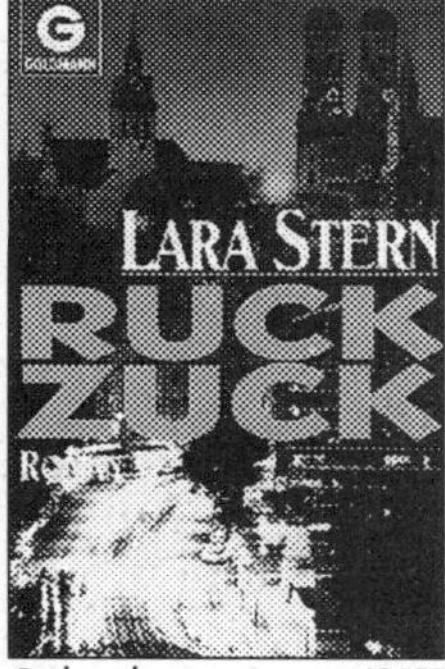

Ruck zuck 42407

Goldmann · Der Taschenbuch-Verlag